信長の残照

服部徹
Tōru Hattori

信長の残照◉目次

プロローグ

尾張八郡の一つ知多郡は丘陵性の細長い長靴状の半島で、西に伊勢湾、東に衣ヶ浦《ころもがうら》湾・知多湾・参河《みかわ》湾を抱き、黒潮の太平洋に張り出し、半島には古来、船漕ぐ海人《あま》が住していた。

半島先端の羽豆《はず》神社には日本武尊《やまとたけるのみこと》が東征のみぎり、副将として水軍を率いていた火高氷上邑《ほだかひかみむら》（名古屋市緑区大高町火上山《ひかみやま》）の尾張国造《くにのみやつこ》、建稲種命《たていなだねのみこと》が祀《まつ》られていたり、同じく羽豆城には後醍醐天皇の皇子宗良《むねなが》親王が信濃から海路伊勢へ渡る途中、軍勢を整えるため立ち寄ったと言い伝えられ、半島での海人の活躍が窺《うかが》える。

海人は先端の海岸部だけでなく、中央内陸部でも定着型の農業ではなく移動性のある水主《かこ》（水夫）とか肥料となる藻《も》取りなどを主業とし、半島は水軍（海賊）が育まれる環境下にあったのである。

知多半島のほぼ中央に位置する小高い丘陵に、四方を二重堀に囲まれた東西十五間（二七メートル）、南北七十間（一二六メートル）の平山城がある。

伊勢の海を制する程の水軍を擁する佐治《さじ》氏の居城大野《おおの》城（宮山《みややま》城。常滑《とこなべ》市）である。

佐治は矢田川《やた》・前山川《まえやま》が合流して伊勢湾に注ぐ扇状地で、大野谷《だに》と呼ばれる現在の知多市南部から常滑市北部にかけての一帯を支配し、城からは矢田川下流の湊川《みなとがわ》河口にある大野湊の出船入船の様子、伊勢の海と山を一望に治めることができた。

物語は織田信長が尾張に侵攻してきた駿河《するが》・遠江《とおとうみ》・参河《みかわ》三国の大大名今川義元を桶狭間に討ち、尾張一の武将となったその翌年、この大野から始まる。

（一）於犬の大野入り

永禄四年（一五六一）辛酉《かのととり》。

立夏が過ぎ夏の気が立ち始めたこの日、大野城下は慶賀に包まれていた。

が、城の館内《やかたうち》はむしろ緊迫した気配が勝っている。

先刻から城主佐治八郎信方《のぶかた》は、城内で一番高い物見櫓《やぐら》、高井楼《たかせいろう》に登り、手を翳《かざ》し、しきりに沖合いに目を遣っていた。

しかし、佐治が誇る百隻程の軍船が大野湊に待機している以外、洋上には何も変化はない。

「儂《わし》には未だ嫁を娶るという実感が湧いてこん。今は信長様の威光にすがる気持だけで精一杯じゃ。が、いずれにしても佐治にとって記念すべき日になるがや」

八郎は呟くと気合を入れ直し、伊勢湾の洋上に目を凝らす。

この日、八郎は尾張清須城から嫁入りする於犬《おいぬ》の到着を待ちあぐねていたのである。

僅か一年前までは佐治は、寺本城（知多市）の花井一族と共に駿府の今川方として松平元康（徳川家康）に通じ、信長方の緒川城《おがわ》（東浦町）の水野信元と敵対し、狭隘な半島は混淆《こんとん》としていた。

ところが、永禄三年（一五六〇）五月十九日の桶狭間の合戦は、半島内の勢力の帰趨を決定付け佐治には最早信長に服従する道しか残されていなかった。

一ヶ月程前の卯月の四月の中頃のこと。石川吉賢《よしたか》・桑山三郎右衛門・佐治佐八郎等数人の家臣を連れた八郎は、清須城の館で降参と服従を願い出て信長の前に平伏していた。

これに対し、かねて佐治の水軍と佐治傘下の花井一族の水軍を重視していた信長は、瞬時に妹の於犬を八郎に嫁すことを決める。

於犬は信長の十三人の姉妹の八番目で、姉の於市に勝るとも劣らない美姫《びき》である。

「八郎。名を信方と改めるが良い。花井を従え、水野と共に伊勢の海を鎮めい！」

癇《かん》高い声が八郎の頭上に落ちた。

「これが信長の声か」

八郎は体の芯から震え上がるのを懸命に怺《こら》え、声を絞り出した。

「恐悦至極に存じ奉ります。誠に有難き仕合わせ。一族を信長様に捧げまする」

これは偽らざる八郎の気持である。

十二歳にして元服済の八郎は、佐治八郎為興《ためおき》と名乗っていたが、信の一字を賜り八郎信方となり、その上、信長の妹を娶ることになったのである。

今年の初春、尾張鳴海《なるみ》（名古屋市緑区）で松平・織田の宿老が会し、参河《みかわ》の松平元康と和睦した直後、「美濃を落とし伊勢を制し上洛を果す」と決意したことを思い起こした信長は感激に震え平伏している実直気《げ》な若い八郎の頭を満足そうに見下ろし、その細面《ほそおもて》にかすかな笑みを浮かべた。

「伊勢を制する際、水軍が必要。そん時、佐治は役立つ」

と大野佐治水軍に期待していたのである。

桜花の吹雪く清須の城から帰城した八郎は、爽やかな気分であった。

掃き清められた城内、小姓衆のきびきびした動作、一糸乱れず行進する教練中の兵士等、見聞したことのない驚きの連続であった。

更に八郎が衝撃を受け、やがて感動したのは、白皙信長による核心をつく研ぎ澄まされた言葉によってである。

信長の一言一言は琴線に触れ、その快さは八郎の心に終生残る。

ともあれ、信長一門衆への道が拓かれた。

「信長様が儂の義兄上となる。加えて、於犬はしっかり者で美女と聞く。夢の様じゃ！」

真底から叫んだ八郎は、ひたすら信長に感謝していた。


「間もなく申《さる》の刻（午後四時頃）か」

八郎はそう呟き突然両手を天に突き挙げると、楼上から声を抑え叫んだ。

「今日は我が人生で特別な日じゃ。未だ見ぬ方を待つとは、これ程嬉しいことか。風も清々《すがすが》しい。八郎は幸せもの。万歳！」

これから起こる数多《あまた》の艱難辛苦《かんなんしんく》を、今の八郎は露程も想見《そうけん》できなかったのである。

楼上で心地良い海風に吹かれていた八郎は、何時の間にか父と母、そして佐治家に思いを馳せていた。

八郎の父、佐治二代対馬守為貞《ためさだ》は初代宗貞《むねさだ》（為頼《ためより》）の没した翌年享禄《きょうろく》四年（一五三一）、宗貞の菩提の供養のため、大野城内に曹洞宗萬松山齊年寺《ばんしょうざんさいねんじ》を建立し、雪舟等楊《とうよう》の作品『達磨大師《だるまだいし》二祖慧可断臂図《にそえかだんぴず》』を寄進している。

作品は雪舟が喜寿の時、佐治に求められて大野に来て描いた紙本墨画淡彩一幅。

さらに為貞はその十三年後の天文十三年（一五四四）東国遊覧の折、桑名から大野へ伊勢湾を渡海しようとした京の連歌師谷宗牧《たにそうぼく》を水軍を率い海上を警固、大野で丁重に持て成している。

雪舟と宗牧を招く程羽振りが良く京文化に関心が深いことが佐治に窺える。

天文十九年（一五五〇）生れの八郎は、為貞が亡くなった時僅か七歳であり、これ等は全て八郎が母永春尼《えいしゅんに》から伝え聞いていたものであった。

「それはそれは、見事な若武者振り。軍船を仰山従え颯爽と海原へ漕ぎ出し、九本骨日之丸扇《くほんぼねひのまるおおぎ》の軍旗が翻える大将船には、凛々《りり》しい夫の姿が望まれます。

まるで美しい一幅の絵のような光景でした」

宗牧の警固のため、大野湊から出航する父について八郎は、何度も永春尼から聞かされていたのである。

突然、身を乗り出し洋上を凝視した八郎は、沖合いに数十隻の船を認める。

櫓《やぐら》に据え付けられた太鼓の打つ音に合わせ、紅白の布に飾られた数隻の船が於犬とその一行を迎えるため、一斉に沖に漕ぎ出した。

茜色に染められた雲の中、夕陽が伊勢の海の向こうに沈むまで未だ一時ある。

八郎は大きく息をつくと高井楼をゆっくり降っていった。

同じ永禄四年、後に佐治に多大な影響を及ぼす木下藤吉郎（秀吉）二十五歳が弓衆の浅野長勝の養女於禰々《おねね》十四歳と祝言を挙げている。

（二）一向宗徒

於犬が船出して行った五条川の辺《ほと》りを、信長は目を細めぼんやり、眺めていた。

五条川の河川を利用し伊勢の海に出た於犬の一行が、今頃知多半島沿いに南下しているであろうと思い描いていたのであろうか。

描いていたのは美濃の攻略と上洛戦であった。

「於犬は足固め駒、次の於市は上洛駒。親父は京に憬《あこが》れただけで、遂に尾張から抜け出す事ができんかった。が、儂は果す。まずは美濃からじゃ。うむ。よし！」

声を発し頷いた信長は、かっと瞠《みひら》いた。


その直後の永禄四年五月十一日。

信長の舅《しゅうと》斎藤道三を討った〝美濃稲葉山城主斎藤義龍《よしたつ》が病死。十四歳の龍興が継ぐ。〟

この報に信長は思わず叫ぶ。

「あん時とおんなじ。美濃攻めの好機到来じゃ」

今川との決戦直前、今川の軍師雪斎の病死が一瞬信長の脳裡を過《よぎ》ったのである。

信長は直ちに本格的な美濃攻めに着手する。

二年後の永禄六年（一五六三）、癸亥《みずのとい》。

信長は尾張児玉《こだま》村（名古屋市西区）出の重臣丹羽長秀に命じ、清須より五条川の十キロ上流にある、尾張平野中央の標高八十五メートルの小牧《こまき》山に小牧山城（小牧市）を築城した。

信長はこの山城から稲葉山城を遠望しつつ、美濃攻略に乗り出す。

やがて、木曽川南岸の犬山城（犬山市）・金山《かねやま》城（可児市兼山《かねやま》）を攻略した信長は、濃尾平野北端部の三百三十六メートルの金華山に迫ろうとしていた。

しかし、若き龍興を擁する斎藤勢の結束は固く、結局、信長は本格的な美濃攻めから稲葉山城攻略まで六年余りを要することになる。

信長が歩むこの厳しい道程《みちのり》に、八郎とその一族も否応なしに巻き込まれて行った。

「もう一年経ったか。あの屋敷にまんだおるような気ぃする」

永禄十年（一五六七）丁卯《ひのとう》、七月。眼下の生駒屋敷をじっと見詰め、独りごちた信長は暫し吉乃の俤《おもかげ》をおっていた。

前年の五月十三日、信長と三子を儲けた側室吉乃《きつの》が実家の生駒屋敷（江南市）近くで荼毘《だび》に付された際、立ち上る紫煙を天主から独り眼にし、落涙したのを信長は昨日のように思い出し、加えて吉乃と儲けた九歳の五徳を、この五月二十七日、同い年の家康の嫡男信康に嫁したばかりでもあり、信長は聊《いささ》か感傷的になっていた。

信長は、信頼のおける大事な同盟者で前年松平から徳川に改称し従五位下《じゅごみげ》となった家康に、五徳を同盟の証として嫁していたのである。

想いを振り払い戌亥《いぬい》（北西）方面の稲葉山城から笠松《かさまつ》一帯に目を転じるや否や、信長は、苦虫を噛み潰したような顔になり唸った。

「龍興の出撃は素早すぎる。これ以上、一向の者共を放っとけん。義昭の催促に早よう応え、上洛せにゃならん」

二年前、実兄の室町幕府十三代将軍足利義輝が三好義継《みよしよしつぐ》・松永久秀《まつながひさひで》により謀殺された時、奈良興福寺一条院門跡であった義昭（覚慶）は奈良を脱出、近江の野洲《やす》郡矢島（守山市）に移り、諸国の有力大名に上洛支援を求めるべく画策をしていた。そうした中、

「信長は兄（義輝）と交流を重ねており頼りになる」と考えた義昭は、何度も信長に上洛を促す御内書（将軍の発給する書状）を送っていた。これに対し信長は

「御入洛《ごにゅうらく》に就き供奉《ぶぐ》の儀、無二《むに》の覚悟」

と義昭の御供衆《おともしゅう》細川藤孝に返答をし、美濃攻めを急ごうとしていたのである。

しかし信長は、ここで痛い目に遭う。

「あと二ヶ月位で攻め落とせる」

そう高をくくり前年の八月、増水していた木曽川を渡河し美濃へ侵攻、中洲の河野島《かわのじま》（羽島《はしま》郡笠松・岐南《ぎなん》附近）に着陣し、早速五キロ程先の稲葉山城を窺おうとした。

その直後、信じられない速さで信長に対峙してきた龍興軍に信長は驚く。龍興の素早い対応と木曽川の増水に危機を感じ退却を始めた信長軍に、龍興軍が襲い掛かり大勢の信長の兵は討ち死にか、木曽川で溺死し、信長は大敗する。

〝その為体《ていたらく》、前代未聞の有様（「中島文書」）〟と言われ、結果的に、この戦いは信長が十一歳

の時、父信秀が斎藤道三に大敗した情況に酷似していた。

信長はこの素早い龍興の対応の背後に、河野島の一向宗徒による諜報活動があると見破った。

「河野島は、長島と連繋し龍興に通じ、儂の動きを諜報し龍興に伝えとる。だから龍興は素早く反応できたんだがや。一向の輩、侮れん！」

やれやれと一つ溜め息を吐いた信長は、「宗徒の殲滅か、儂の滅亡か！」と一向宗徒の討伐を決意したのである。

一向宗とは浄土真宗の俗称で、ただ一向《いっこう》（ひたすら）専念して阿弥陀仏に唱名《しょうみょう》すれば浮世に居るそのままで弥陀の本願にひろわれ往生《おうじょう》することに由来する。

この当時、伊勢・尾張・河野島を含む美濃三国の農民漁民の百姓宗徒は、木曽《きそ》・長良《ながら》・揖斐《いび》の三川の合流点〝中洲の長島杉江郷《ながしますぎえ》にある願証寺《がんしょうじ》（桑名市）〟によって統括されていた。

願証寺は長島城を中核に堅固な砦に守られ、本願寺から送り込まれた寺侍《てらざむらい》や国侍《くにざむらい》の指導の下、武装化した門徒十万人を擁し、仏法王国を形成し悉《ことごと》く信長に敵対していたのである。

二月の初め、龍興と宗徒を遮断すべく蟹江城《かにえ》（海部郡《あま》）の滝川一益《かずます》に命じ、佐屋《さや》（愛西市《あいさい》）方面から長島周辺を威嚇、その直後西方の伊勢北部へ進撃させると一益を伊勢の押えとした。

第一回伊勢侵攻である。

（三）　八郎出陣す

「そろそろ長島を叩き龍興を始末するか。京は意外や遠い」

天主の窓際で暫し考察していた信長は、小姓を手招いた。

「大野の姫は達者か。調べて参れ」

更に信長は小声で付け加える。

「要は子が出来たかじゃ」

その直後、

「半羽介！」

と、宿老の佐久間半羽介信盛《さくまはばのすけのぶもり》を呼びつけ、軍議を開く様命じた。

永禄十年（一五六七）半夏生《はんげしょう》の七月二十三日、八郎は汗だくになりながらも高揚した面持ちで出陣の準備に追われていた。

明後日の出陣は八郎の初陣である。

母永春尼の指図が入るや否や、準備は極めて手際良く処理されていった。

於犬は八郎の傍らで優しく見守っている。

「於犬が側に居てくれるだけで、昂《たかぶ》る気持が不思議と和らぐ。ありがたいことじゃ」

信長から〝信〟の一字と於犬を貰って、早や六年。今年十八になった八郎に、出陣に先立つ不安は些《いささ》かもない。

働きもせず、歳月を重ねる方が今の八郎にとって余程不安なのである。

床机《しょうぎ》に腰かけ目を瞑《つぶ》ったまま
「佐治一族として、信長の一族として、何としても手柄を立てたい」

と、八郎は鷹揚として身を翻そうとしていた。


「選《よ》りに選り、前日になろうとは」

嬉しげな顔が苦々しく変貌した。

出陣の準備に没頭していた八郎は、京の連歌師の来訪を今思い出したのである。

八郎の様子に気付いた於犬は、笑みを浮かべながら、

「明日の興行は中止させました。紹巴《しょうは》様を御持て成しするよう、参河守《みかわのかみ》に申し付けております

故、殿は御出陣に御専念下さい」

信長譲りの透き通った声で、しかし八郎だけに聞こえるように囁いた。

宗牧亡き後、連歌界に君臨している連歌師里村紹巴は、今年二月、富士山見物を目的に京を発ち、桑名より尾張に入り庄内川、五条川を遡って清須に舟を着け、小牧山城で信長に挨拶した後、参河・遠江《とおとうみ》を抜け駿河《するが》へ。帰路は苅谷《かりや》から海路で緒川《お》へ渡り、知多半島を横断して先程大野に到着したと言う。

「父のように儂も紹巴を持て成し、京の香りを聞きたかった」

そう思った八郎に一瞬、死の恐怖が過ぎる。が、於犬が石川参河守吉賢《よしたか》に丁重な持て成しを命じたと分かり、八郎は気を持ち直した。


七月二十五日、大将八郎が率いる佐治・花井連合の数百隻の軍船は、知多半島を沿って北上し日光川を遡って行った。

八郎の軍勢凡そ一千が津島湊の西方の木曽川左岸域に上陸し、意気昂然として九本骨日之丸扇の軍旗を翻したのは文月の晦日《みそか》であった。

一向宗徒の拠点、長島から北方五キロの後江《ひつえ》（愛西市立田《たった》）に布陣した八郎は、炒り付ける陽射しの下、鎧兜で身を固め、出陣の命を待っていた。

大野を発つ前、一瞬感じた死の恐怖は消え去り、功名心が八郎を昂《たか》ぶらせている。

翌、葉月八月の朔日《ついたち》、小牧山城を出陣した信長は津島に本陣を置き、攻撃軍大将に信長の弟織田彦七郎信興《のぶおき》を任じると、佐屋・後江・蟹江の各方面から、巨大中洲の長島を守るように点在する中小の中洲の砦を襲撃させる。

八郎率いる佐治・花井連合の水軍は、二（荷）之江の鯏浦《うぐいうら》（弥冨市《やとみ》）東岸へ敵前上陸する信興本隊の兵員輸送に当たった。

兵を乗せ佐屋川・市江川など木曽川の枝川を漕ぎ渡り、援護射撃をしつつ上陸させるのは容易《たやす》い。

信興本隊は、上陸するや激しく抵抗する宗徒に対し、鉄砲・弓・鏜等で組織的に攻撃を繰り返し優勢に戦いをすすめていた。

一方、有力な宗徒の服部党が守る二之江興善寺《こうぜん》を攻略し、敗走する宗徒勢を逐って、二之江川を渡り上陸してきた滝川一益軍は信興本隊に合流し、柳や葭《よし》が生い茂る砂洲の原の難畑《なんばた》（弥富市西中地《にしなかち》）で宗徒と激突した。

やがて退却した宗徒が、国侍で指導者の指導者服部左京進友定《さきょうしんともさだ》の居城・城《しろ》の腰《こし》に籠もると信興は直ちに鯏浦の東に砦を築き、葭茂る湿地帯を挟んで対峙した。

その直後、事態が動く。

何とか膠着状態を打破しようとした左京進は、城の腰から直線にして北西二十三キロもある伊勢北部の上饗庭《かみあえば》（いなべ市藤原町相馬）の同士と打合せようとして単身出掛け、これを察知した信長が謀略を以って左京進を上饗庭で自刃させたのである。

「手強い奴。並み大名以上だった」

信長は周りの家臣に大声で言い放った。

天文の初め以降、尾張守護、守護代を凌駕する程に台頭してきた信秀・信長に、左京進は悉く敵対してきた。

このため、尾張八郡の内、海西《かいさい》郡は二之江の一向宗荷上山《かじょうざん》興善寺の大檀那・服部左京進友定が率いる服部党を中核とする宗徒の支配下に置かれ、信秀・信長二代は手を出せなかった。

興善寺には、本願寺第八世法主蓮如《れんにょ》の孫実正《じっしょう》が、その七十ヶ寺の末寺である蟹江の盛泉寺《せいせんじ》には、蓮如の第十九子蓮芸《れんげい》が、一向宗徒の最大にして最強の長島の願証寺には、蓮如の第十三子蓮淳《れんじゅん》が各々招かれ勢力を張っていた。

左京進は、これ等一向宗徒衆の中心に居て織田を脅かす程の一大真宗仏法王国を形成していたのである。

「尾張に刺さった棘《とげ》が抜けたがや」

親父の敵を討ったかのように悦び留飲を下げた信長は、信興と滝川一益に対し矢継ぎ早やに命を下す。

信興には長島攻略の拠点とするため、木曽川を挟んで長島願証寺の対岸の小木江《こきえ》（愛西市立田）に頑強な砦の構築を命じ、一益には長島を孤立させるため、西方の北勢四十八家とも北方諸将とも呼ばれる中小の土豪の掃蕩を命じた。

当時、伊勢は群雄割拠状態であった。

三重県はこの当時、伊勢・伊賀・志摩・紀伊四ヶ国から成っている。

伊勢は十三郡の内、南部五郡を国司の北畠が、北部・中部八郡を長野一党・関一党と北方諸将が各々、勢力を張っていた。

この中で楠《くす》城（三重郡）の楠、赤堀《あかぼり》城（四日市市）の赤堀、千種《ちぐさ》城（三重郡）の千種等、北方諸将は相争うも外敵には一致協力し戦い、長島はこの諸将と通じていたのである。

一益は楠城を攻略すると鈴鹿川北岸の台地上にある高岡城（鈴鹿市）を包囲攻撃し威力を見せ付け、村々に放火し帰陣する。

第二回伊勢侵攻である。

八郎が海上から長島を攻撃する信興本体を援護していた頃、大野・熱田・甚目寺《じもくじ》（あま市）・津島と旅を続け、八月十五日熱田の加藤図書助順盛《ずしょのすけよりもり》邸より舟で大高城《おおだか》（名古屋市）に入った連歌師紹巴は、戦火に包まれた長島を不安気に遠望し、

〝夜半過ぎ西を見れば、長島追い落とされ、放火の光夥《おびただ》しき（「富士見道記」）〟と記している。

この後、渡る伊勢への旅だけを心配している連歌師の姿が垣間見えるようである。

同時刻、大野の館から長島方面の遙か洋上の闇夜に浮かぶ橙色のうっすら光る細長い線を見詰め、八郎の無事を祈り続ける於犬と館から離れた庵にも無事を祈る永春尼の姿があった。

以後七年続く信長の長島攻めは、八郎と於犬そして二人を取り巻く人々の運命を否応なしに翻弄していくことになる。

（四）美濃を制す

「島一つ分捕っても海川《うみかわ》を押さえにゃいかん。宗徒は散っても直ぐ戻る。八郎の水軍は期待通りだが、もっと水軍を強化せにゃあ」

これが長島の軍議で発言した信長の総括である。

想定を超えた一向宗徒の組織的な激しい攻撃を受けた信長は、馬上、勘考していた。

津島の陣を半刻前に払った信長の頭に、逆巻いた積乱雲が広がり嵐の様相を呈し始めている。

頬に冷たいものを感じ、空を見上げた。

「この暗澹《あんたん》たる空模様が逆に、儂を奮い起こさせるのだぎゃあ。稲葉山城を叩くのも近きゃあ」

稲葉山城の攻略に際し今まで、出城を一つ一つ陥とし、龍興の重臣に対し濃密な調略を仕掛けてきた。

今、それが漸く実ろうとしている。帰陣の途中とは言え、信長が馬上ゆったりしているには訳があった。

津島の陣中、斎藤龍興の重臣の内応が得られそうであるとの報に続き、重臣の裏切りを察知した龍興が驚き、僅かな供回《ともまわ》りだけで長良川から舟で川内《かわうち》の長島に向けて落去したとの報が信長に届いていたからである。

龍興が河野《かわの》一向宗徒に案内され長島に潜行したのは、八月十五日の直前である。

正に、八郎の水軍の援護の下、信興本体が長島を総攻撃している最中である。

この八月の龍興の稲葉山城退去が世間では落城と伝えられるが、城は持ち堪えていた。

その理由は二つある。

道三以来の臣、本田《ほんでん》城（瑞穂市）の日根野《ひねの》弘就《ひろなり》・盛就《もりなり》兄弟、竹腰尚光《たけのこしなおみつ》等が城を死守し、且つ信長に内応したとされる重臣等に〝二心《ふたごころ》〟があったからとされる。


九月、稲葉山城は最終段階を迎える。

かねて信長に内応する姿勢を示しながら二心ありとされた曽根《そね》城（大垣市）の稲葉良通《よしみち》（一《いっ》鉄《てつ》）・龍興の家老の大垣城（大垣市）の氏家直元《うじいえなおもと》（卜全《ぼくぜん》）・北方《きたかた》城（本巣《もとす》郡）の安藤守就《もりなり》等、後、西美濃三人衆と呼ばれる龍興の重臣が改めて人質を差し出した上、内応すると約束してきたのである。


ここで信長は一気呵成に仕上げに入る。

奉行衆の村井吉兵衛《きちべえ》定勝《さだかつ》・島田所之助《しょのすけ》秀満《ひでみつ》を西美濃へ派遣し、人質の受取りを命じると、同時に城下の井ノ口を焼き木下秀吉の軍兵を稲葉山城の南方の瑞龍寺山《ずいりゅうじやま》に登らせたのである。

駆け付けた三人衆は、四方を鹿垣で囲まれた裸城《はだかじろ》を見て肝を冷やし、即座に信長に傅《かしず》いた。

間もなく稲葉山城は落城。桶狭間の合戦の後八年にして山深い北部、大河が流れる肥沃な平野の南部から成る飛山濃水《ひざんのうすい》の美濃の攻略は完結し、三十四歳の信長は上洛を目ざす。

（五）上洛の入口に立つ

稲葉山城を陥れ、間髪を入れず九月十日、支配した領民を安堵し安定安心を図るため、北加納村（岐阜市）に禁制を出し、居城を小牧山城から井ノ口に移した信長に名声が高まると、十一月九日、正親町《おおぎまち》天皇は勧修寺晴豊《かんじゅうじはれとよ》に勅《ちょく》し、御倉職《おくらしき》の立入宗継《たてりむねつぐ》を遣わし、信長に綸旨《りんじ》を与えた。

従二位権中納言の晴豊は、この後信長としばしば対面。最後の対面は、本能寺の変の前日で、その日記「日々記」は、本能寺の変の前日と当日を記している。

一方、後、信長と本願寺の講和に奔走する宗継は妻の妹が織田の家臣道家《どうけ》に嫁していた縁もあり、既に三年前、信長に面会し天皇の御料所復興に関する綸旨を与えていた。父信秀がかって求めに応じ多額な内裏修理費用を朝廷に献上したり、信長自身も上洛して足利義輝に尾張統一を報告するなど〝信長は（信秀同様）上洛（中央）志向が強い武将〟と考えられていたのであろう。

〝今度《このたび》の国々の平定は誠に武勇にすぐれ、古今無双の名将〟と綸旨は信長を誉め上げていたが、万里小路惟房《までのこうじこれふさ》の副状《そえじょう》に、信長は思わず薄笑いした。

誠仁《さねひと》親王元服・禁裏御所修理・禁裏御料所回復とあり、献金要請三ヶ条が記されていたからである。

「あん時、親父（信秀）の使いで爺（平手政秀）が京へ行き、銭を仰山《ぎょうさん》献上し、返礼に谷宗牧（連歌師）がやって来て、女房奉書を親父に渡しておった。あれから二十三年。今度は儂が御上から頼られておる」

珍しく感慨深げな面持で、当時を信長は振り返ろうとしていた。


信長は父信秀が朝廷の築地修理の要請に銭四千貫という莫大な額を献上するため、家老平手政秀を上洛させ事務処理させた時のことを思い出していた。

翌年、後奈良天皇は宗牧を遣わし、信秀に女房奉書を渡し古今集を伝達していた。天文十三年信長十一歳の頃のことである。

この時、信長は那古野城で宗牧に酒を注いで歓待したことを鮮明に記憶している。

「道三に痛い目に遭った直後の親父に対し〝敗軍無興《むきょう》の気色《けしき》も見えず、その威勢の良さには感服した〞と、宗牧は上手く持ち上げおった。

そう言えば宗牧は一端桑名に戻り、渡海して大野の佐治に会うと言っておった。だと、宗牧は八郎の親父に会ったか。それはそうと、一度井ノ口に八郎を呼ばにゃぁならん。於犬は元気か。於犬の次はいよいよ、於市の出番じゃ」

ここまで思いを遣った信長の顔付きは、徐々に厳しくなった。

「まず八郎に長島攻めのため、仰山船を造らせる。近江路を制圧する。しかる後、上洛戦じゃ。風雲は急を告げとる」

忽《たちま》ち戦略に耽った信長から、先程の感慨はとっくに消え去っていた。


先の綸旨に対し信長は十二月五日、悉く授受したと万里小路に伝えると、執奏《しっそう》を願った請文に十一月頃から使い始めた〝天下布武〟の印文を刻す朱印を、満足げに力強く捺す。

この時、信長が考えていた〝天下〟とは、上洛後、五畿内《ごきない》と近隣諸国の統一であった。

五畿内とは、山城（京都府）・大和（奈良県）・摂津（大阪府、兵庫県）・河内と和泉（大阪府）等、古代王城の京を中心とした畿内の五ヶ国で、経済・文化・宗教が伝統的に強く残っている地域である。

古代から中世へ変革した源頼朝は、幕府の創立を〝天下の草創《そうそう》〟と称したと言う。

信長は究極、如何なる天下を草創しようと考えていたのであろうか。

が、信長は五畿内と近隣諸国を制するだけで、この後の人生の総べて十五年を費やすことになる。

とまれ、天下統一を目ざし、今、信長は上洛の入口に立っている。

(六) 於市の小谷入り

於市には近江の浅井長政が相応《ふさわ》しいと考えた信長は、つかつかと初老の市橋長利《いちはしながとし》に歩み寄った。

「於市と長政のこと、一切承知。直ぐ長政のとこへ行きゃあ」

「畏まりました。年の瀬でも宜しございるか」

信長が頷くのを確認した長利は、深々と一礼すると忙《せわ》しなく立ち去った。

長利の猫背姿から眼を逸らし
「ごほん！」と咳《しわぶ》き、窓外に目を移した信長に少し考え込むような風情が見られた。

粉雪がまるで城から眼下の長良川に沿うように舞い降りていた。

「大晦日は近い。明年戊辰《つちのえたつ》か。勝負じゃ」

沈着冷静な信長が右拳《こぶし》を握り締め、そのまま京に向かって突き出す。

今、吹雪の近江路を急ぎ行く市橋右衛門長利について触れておかねばならない。

美濃斎藤氏の旧臣長利は桶狭間で名を走《は》せる前から、信長の戦技倆《いくさ》を見抜く。恐らく、斉藤道三が青年信長に心を寄せていたことが切っ掛けになったのであろう。

美濃攻略時は、駒野城《こまの》（海津市《かいづ》）の高木貞久《さだひさ》を初め斎藤の臣を懐柔し内応させている。

そして二年程前から信長の命で、近江の北半国の浅井《あざい》と南半国の六角に対し、同盟に向け打診と説得を続けていた。

かねて美人の誉れ高い於市との縁談を浅井長政に持ち込んでいた長利のもとへ、先程、浅井から同盟を求めてきたのである。

「市、小谷の長政のとこへ行ってちょう。長政は儂の一回り程若い。市の二つ上。良き武将じゃて。上洛には浅井の力が必要なのじゃ」

屹《きっ》と向き直り信長をしっかり見詰めると於市は、澄んだ良く通った声で言い放つ。

「それでは市は、兄上の上洛の花道を飾りましょう」

恐らく早朝、於市自ら活けたと思われる猪口《ちょく》咲きの白侘助《しろわびすけ》に目を留めていた信長は、於市の凛とした口上に感嘆する。

この於市の嫁入りにより、大野佐治は吉と凶に織り出した綾の如く弄《もてあそ》ばれることになる。

於市が雪で薄化粧をした小谷城（滋賀県長浜市）の浅井長政に輿入れしたのは永禄十年の暮で、於市二十一、長政二十三であった。

浅井亮政《すけまさ》・久政《ひさまさ》・長政三代の居城小谷城は、標高三百メートルの伊吹《いぶき》山系小谷山稜線上の南北六百メートルに亘る難攻不落の山城で、湖北平野の略中心にあり、北国脇往還《ほっこくわきおうかん》と中仙道の要所を押えている。


追い遣られるように忙《せわ》しく去って行く輿を見送った信長は、於犬の時と同じ寂寥《せきりょう》に魘《おそ》われながら、

「全て天下一統のため。二人共、待っとれ。安住の世を早ようにつくる。今が正念場じゃ」

と強く自分に言い聞かせた。

突然、信長は手を打ち小姓を呼び寄せると
「八郎と信興を至急に呼びつけい」

と、命じた。

長島殲滅を早め、上洛に支障が出ぬようにせねばと、内心、焦りを覚えていたのである。

（七）　八郎の岐阜入り

寒風吹き曝《さら》す佐屋の湊から、兵糧を満載した数隻の小早船《こはやふね》が立田《たった》の中洲の南端にある小木江砦に向かおうとしていた。

船団の将に細々と命を下した八郎は、大野城に戻る準備に取り掛かった。責務で緊張はしているものの、悦びを抑えようとしているのがその細面の顔に表れている。

その二日前のことである。八郎は小木江砦の守将の信興と共に井ノ口の信長の館に呼び付けられていた。

八郎は一瞬、息を飲む。

山麓附近の旧斎藤の重臣の屋敷を初め、井ノ口の町は瓦礫の山となり焦土と化していたが、万に近い人夫による激しくも活気ある普請の槌音《つちおと》が響き、人々が群れをなし、信長の居館・重臣の屋敷の建設、道路整備等が急速に進められていたからである。

「天下をとるとは、こういうことか」

思わず叫んだ八郎は改めて信長に忠節を誓い、稲葉山城を見上げた。

二人に会うなり信長は一気に喋った。

「八郎、急ぎ大船建造のまわしをせい。大野へ戻り見通しをつけ、春に帰陣せい。いずれにせよだ。あそこ（河内の長島）を攻めるには船が仰山要る。彦七郎（信興）は一益とよう意を通じ守りを固め、討って出ても深追いするでない」

厳しく命じると、交互に戦況の報告をさせた信長は二人に犒《ねぎら》いの言葉をかけた。

「来春、上洛する。だが、あそこは儂の弱点じゃ。近い内、大軍で包囲し潰す。それまで苦労かけるでなも」

その一言は八郎を感涙させるに充分であった。

が、信興そして八郎が長島で露の間の命の如く消え去る時が刻一刻と近付く。

穏やかな鏡の如き水面に青白い波の筋を残し、巳の刻（午前十時頃）、八郎が乗った関船《せきふね》が大野湊に滑り込んできた。

凡そ四十挺立てで櫓声《ろせい》を響かせ、佐屋湊から伊勢湾を航行してきたのである。

永禄十一年（一五六八）丁卯《ひのとう》。正月。

早船で知った於犬は、五ヶ月余りに亘り戦火に塗《まみ》れた八郎を首を長くして待ち焦がれていた。

「兎に角、休ませねばなるまい」

そう思い於犬は払暁から細々準備して、辰の刻（午前八時頃）には早や侍女数人を引き連れ浜に出て、日之丸扇が翻る大将船の到着を待ち続けていたのである。

煌《きらめ》く沖合いに米粒程の船影を認めると、於犬は床几から思わず腰を浮かす。

浜は冷え冷えしていたが於犬の心は温かかった。

八郎は船首に仁王立ちになり、高く右手を挙げ、於犬に向かって丸い円を描いた。家紋の日之丸を意味している。それは〝八郎は元気である〟を示す於犬が八郎に約束させていた行為である。

於犬は項垂《うなだ》れ泣いていた。

遠目が利いた八郎は、於犬の様子が直ぐ分かる。八郎は、これ程於犬を愛しく思った事はなかった。

（八）　織田三十郎信包

八郎が大野城に帰城したのとほぼ同じ頃、信長は伊勢北部・中部の侵攻を指令する。間近かに控えた上洛の背後固めのためで、攻略目標は長野一党と関一党である。

長野は今の津市の安濃《あのう》・河芸《かわげ》・芸濃《げいのう》（以上旧安濃郡）・美里《みさと》（旧安芸《あげ》郡）に拠り、関は今の亀山市関《せき》（旧鈴鹿郡）・鈴鹿市神戸《かんべ》（旧河曲《かわわ》郡）に拠っている。

信長の上洛を拒む近江の六角義賢《ろっかくよしたか》は関一党に通じ、伊勢南部の北畠具教《とものり》は長野一党に通じている。

信長は六角と関、北畠と長野の遮断を狙い近江路の確保、伊勢制圧をもくろむ。

如月の二月、寒《かん》明けの直後、信長は四万の大軍を率い伊勢北部へ侵攻を開始する。

この大軍を前に、千種城（三重郡菰野《こもの》）の千種、赤堀城（四日市市）の赤堀、稲生《いのう》城（鈴鹿市）の稲生等北方諸将が、雪崩《なだれ》を打って信長に服従する。

昨年滝川一益の攻撃に持ち堪えていた武勇の誉れ高い山路弾正《だんじょう》を守将とする高岡城を、今度は圧倒的な大軍で包囲すると、その親城《おやじょう》、神戸《かんべ》城（鈴鹿市）の神戸具盛《かんべとももり》に和睦を突き付けた。

関一党の最有力の武将、神戸具盛は六角義賢（承禎《じょうてい》）の臣で日野城（蒲生《がもう》郡）蒲生定秀《さだひで》の娘を妻とし、六角に通じていたが、和睦の条件を受け入れ信長の三男十一歳の三七郎信孝《のぶたか》を嗣子とする。

休む間もなく信長は長野一党の制圧に取り掛かる。

まず、長野の有力分家、安濃城（津市）の細野藤敦《ふじあつ》を攻めるが、安濃川北岸の丘陵地にある平山城は容易に陥ちない。

信長はかねて通じていた藤敦の弟で、分部《わけべ》城（津市）の分部光嘉《みつよし》と川北城（津市）の川北藤《ふじ》元《もと》を通じ、藤敦に和睦を突き付けた。

藤敦は和睦を受け入れ、信長の実弟二十六歳の三十郎信包《のぶかね》を長野本家の嗣子とするが、本家長野藤定《ふじさだ》の子と言っても、藤敦は分家である。本家に相談なく重大事を勝手に決められるものではない。

これには訳があった。

そもそも、長野一党は中部へ侵攻しようとする南部の北畠と合戦を繰り返して来た。永禄の初め、これに着目した信長は、長野の分家、分部光高《みつたか》と誼みを通じる。

が、昨年の三月、北畠との戦いで光高が戦死すると、已む無く長野藤定は北畠と和睦し、北畠具教の次男で十一歳の具藤《ともふじ》を嗣子に迎える。

しかし具藤は、北畠の威勢を嵩《かさ》に分家を蔑《ないがし》ろにし、光高の子分部光嘉や細野藤敦等は具藤に反目していた。

信長は、このような背景を旨く和睦につなげたのである。

この直後、具藤は長野城（津市美里）を捨て、父北畠具教の南伊勢へ奔った。

信包は長野藤定の娘を娶り、工藤・雲林院《うじい》・分部・細野・中尾・河北《かわきた》・草生《くさわ》・乙部《おとべ》など長野の与力を麾下に置く。

後、佐治八郎信方の嫡男与九郎は、この信包に大きく係わることになる。

伊勢八郡相当を分国化した信長は、北畠に備え遠縁の津田掃部助一安《かもんのすけかずやす》を安濃城の城番に置くと、凱旋帰城した。

第三回伊勢侵攻である。

（九）八郎の先祖

八郎が大野の鍛冶職人・船大工を総動員し、大型船の建造に見通しを付けて立田の中洲に帰陣したのは、信長が北部伊勢へ侵攻する直前であった。

直ちに小木江砦の信興の麾下に入った八郎は、一向宗勢の襲撃から伊勢へ侵攻する信長の背後を守るため、厳戒体制に入り、特に桑名方面へ移動する宗徒の動きには目を光らせた。

今、生死の瀬戸際に立つ八郎には、大野を発つ時、於犬に対し感じた後ろ髪を引かれるような気持は微塵も残っていない。

それは帰陣した翌日の仏暁、夜間、歩哨についていた十数名の大野の兵が、悉《ことごと》く酷虐《こくぎゃく》に殺害され葦汀《いてい》に打ち捨てられ、その前で凍雨《とうう》に打たれ立ち竦んでいたからである。

「足下から後ろから、湧くように現れた。化けもんのように現れたんじゃ」

一人の兵が八郎の腕の中で息も絶え絶えに震えながら吐き捨てると縡切《ことき》れた。

「水音《みずおと》に敏感な大野衆を以ってもか」

唖然とした後、苛立った八郎の心の中に恐怖心と言う鎌首が擡《もた》げる。

その晩から八郎は、軍兵の大部分にあたる約八百を配置し夜間の警戒を厳重にした。

睡眠は徐々に浅く、短くなり、心は荒び八郎はどこかへ逃避したくなった。が
「信長公の一族になるため、踏ん張れ八郎！」

と必死に自分に言い聞かせると、砦を襲う宗徒を海上から果敢に攻撃を加え、信興本隊を支援し成果をあげた。

が、その一方で幾度か湧くように群がり襲ってくる長島勢に対し、砦を中心に展開する織田軍は手こずり、兵の疲労は目だっていった。

それは一向宗徒勢が衰えるどころか、逆にその数を増しているからであり、また、主たる武器の熊手・鳶口《とびぐち》などを引っかかげ、鉄砲、刀、鑓、弓をも使い、小木江砦の周辺に雲霞の如く湧き起こり押し寄せていたからである。

八郎の水軍が津島湊から搬び込む兵糧で、小木江砦は上辺は依然として堅固に見えるが、敵勢が砦を遠巻きにしていた輪をゆっくりだが着々と狭ばめているのは明らかであった。

長野の名跡を継いだ信包は、直後、信長から上野（津市河芸）の築城の指令を受ける。長野の拠点長野城・安濃城は山間にあり、これに比し上野は伊勢湾に近く、伊勢参宮街道に沿った海運・陸運両面で利便性が高い要衝の地だからである。

早速信包は与力となった分部城（津市分部）の分部光嘉《みつたか》を普請奉行とすると、伊勢湾を一望できる標高三十メートルの台地に急ぎ築城を命じた。

この上野城で信包は、五万石を領する。

伊勢北中部を支配し、背後を固めた信長は着々と上洛への布石を打つ。

〝将を射んとする者、まず馬を射よ〟

喩え通り、六角義賢の家臣の切り崩しに掛かる。

永原《ながはら》城（野洲市）の永原重康《しげやす》及び佐治城（甲賀市甲賀小佐治）の佐治為次《ためつぐ》などは、所領を安堵され信長に通じた。唯、重康は信長に降ったが、永原の惣領大炊助《おおいのすけ》は六角と行を一にし、一族は袂を別つ。

次に、この佐治為次が佐治八郎と同じ佐治一族であることについて語らねばならない。為次の先祖佐治為氏《ためうじ》が甲賀郡の小佐治村に佐治城を築くのは南北朝期の元弘元年（一三三一）で、今の甲賀市水口《みなくち》町から小佐治町にかけて領し、室町時代になると甲賀武士五十三家の一つと称され勢力を張っていた。

一方、大野には足利義氏《よしうじ》の子泰氏《やすうじ》の五男公深《きみふか》が正和三年（一三一四）頃、本拠地参河《みかわ》吉良荘《きらのしょう》、今の西尾市一色《いっしき》から進出していた。

一色の祖となった公深の子孫の一色は、大野を拠点に三河・伊勢・丹後・若狭・尾張の知多郡、海東《かいとう》郡と勢力を拡大していったが、応永十八年（一四一一）一色義範《よしのり》が六代将軍足利義教《よしのり》によって暗殺されると、一色氏は一気に衰退し、辛うじて知多は義範の次男で七代の一色義遠《よしとお》が赴任し勢力を保つ。

文明三年（一四七一）頃、一色義遠は郡守護代として小佐治村の佐治為氏の弟、佐治宗貞《むねさだ》を招く。宗貞は知多に入り、一色の被官となったのである。

やがて、一色は佐治に大野を託し丹後に移る。これが大野佐治の濫觴《らんしょう》で、佐治は一色が擁した強力な大野水軍を継ぐ。

尚、一色が知多に招請した相手が何故、佐治であったかである。

公深が阿闍梨《あじゃり》の称号を持つ山伏で、小佐治村の佐治とは修験者同士として深い交流があり、それが子孫まで脈々と伝承され招請に至ったと言われる。

更に地勢も招請を後押しした様である。

当時は参河の一色から京へ向かう場合、参河の大浜（碧南市《へきなん》）から船で知多の亀崎（半田市）に渡り、半島を横断して大野湊から海路、伊勢白子《しろこ》（鈴鹿市）に上陸し、鈴鹿峠越え、甲賀郡内を通り草津（草津市）、勢多《せた》（瀬田、大津市）を経て入京していた。

即ち、大野と甲賀は海道（街道）で結ばれ、地勢上は近隣であった。

（十）近江路を制す

昼夜兼行で続けられた工事により信長の居館・重臣の屋敷は既に竣工し、焼失した城下の町は復興した。

復興を見届けた信長は、永禄十一年六月、井ノ口を岐阜と改名する。

岐阜の立政寺《りゅうしょうじ》（岐阜市西庄《にしのしょう》）に信長から上洛の誘いを受けた足利義昭が、越前の朝倉義景《よしかげ》のもとより小躍りしてやって来たのは、その翌月の七月二十五日であった。

文月《ふみつき》の茹《う》だるような大暑の中、張り詰めた空気が立政寺に漂っている。

義昭出迎え使者として越前に派遣していた和田惟政《これまさ》・不破光治《ふわみつはる》・村井貞勝《さだかつ》・島田秀満《ひでみつ》等の信長の家臣と義昭の御供衆《おともしゅう》の細川藤孝《ふじたか》等が居並ぶ前で、

「この上は一刻も早く上洛すべきであり、御入洛の準備にとりかかりたい。また、上洛に際し供奉仕る《きょうほうつかまつる》」

と、信長は居然《きょぜん》として義昭に伝え、浄土宗の立政寺は義昭の仮の御所となった。


八月七日、信長は上洛に際し浅井の居城佐和山城（彦根市）に入り、南近江の六角義賢との和睦を目指す。

その一方で信長は、六角の家臣に対する調略を加速するよう和田惟政に命じていた。

滝川一益と同じ甲賀出身の惟政は、甲賀の和田村の人で甲賀武士中の名家である。

六角を旧主とする惟政にとって、この任は打ってつけで、六角内訌《ないこう》の折、六角から離反した事がある後藤高治《たかはる》・永田景弘《かげひろ》・新藤賢盛《かたもり》・池田景勝《かげかつ》等の六角の臣は降り、また、美濃部茂濃《みのべしげあつ》・黒川盛治《もりはる》・伴太郎左衛門《ばんたろうざえもん》の甲賀武士も懐柔され信長に通じた。

信長はこの山城に七日間止まり、和田惟政に義昭の使者を副《そ》え、観音寺城（近江八幡市安《あ》

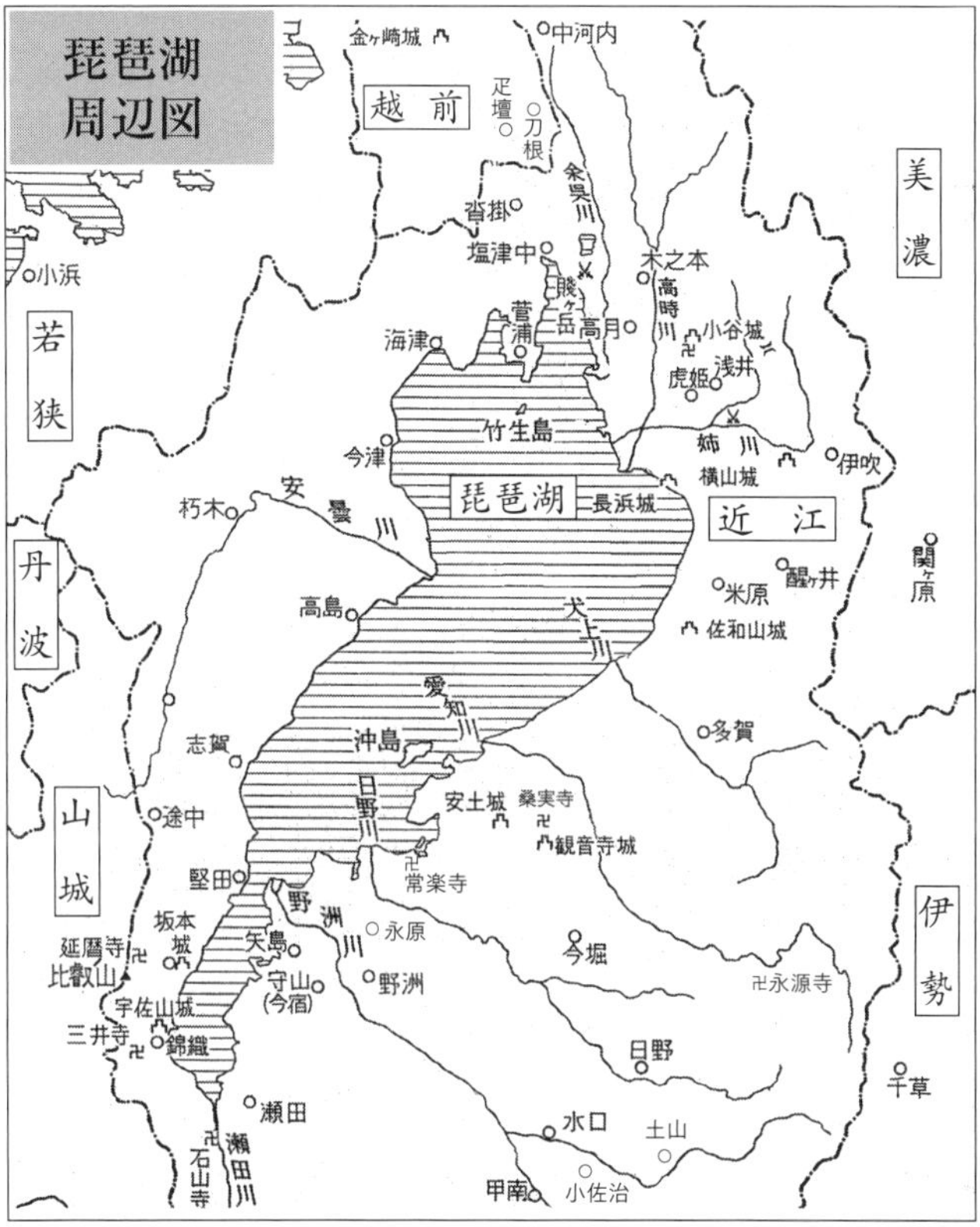

「日本の歴史」(中央公論社)を元に作成

土《づち》町石寺《いしでら》）の義賢を説得するも、結局不調に了《おわ》る。

それは、義賢が京を支配している三好長逸《ながやす》・三好政康《まさやす》・岩成友通《いわなりともみち》の三好三人衆等と反信長同盟を結成していたからである。

「是非に及ばず。この上は力尽くで捩《ね》じ伏せてやるがや。まっとれ。義賢奴！」

怒声を発し、初の上洛戦を決意した信長は、一旦、岐阜に帰城した。

永禄十一年（一五六六）九月七日。

尾張・美濃・北伊勢に家康の援軍を加えた信長勢六万は、岐阜を出陣し上洛の途につく。

伊勢の一益は、北方諸将と信孝を嗣子とする関一党を引き連れ参陣している。

この時、信包の長野一党は北畠に備え、伊勢の警備についていた。


佐和山城に入り浅井長政と対面し、小谷城から呼び寄せた於市と久々に再会した信長は、九月十一日、佐和山城を出陣する。

攻略の目標は六角義賢の居城観音寺山城と、その前衛となる和田山城・後衛となる箕作《みつくり》城（東近江市五個荘《ごかしょう》）である。


近江を南下する行軍中、信長は昨日会った於市の姿を思い出していた。

「市は孕んでおる」

一年振りの於市は、美貌些かも衰えず、寧ろ以前にも増して透き通る如き嬋娟《せんけん》たる美女であったが、信長は少しふっくらした体と顔立ちから直感的にそう思った。

「これで浅井は名実共に儂の軍団に組み込める。近江路は半分開けた」

信長は残り半分の六角に向け馬上「えい！」と気合いを入れた。


翌九月十二日、信長は佐久間信盛・木下秀吉・丹羽長秀・浅井信広等の直臣に箕作城攻略を命じる。

「和田山・箕作は、究竟《くっきょう》の者ども数多《あまた》あり、容易に落つべからず」

と、豪語していた義賢は、三百二十五メートルの山城箕作城が僅か数時間で落城すると、その翌日、観音寺城を捨て甲賀へ奔り伊賀に逃れた。

和田山城を始め六角の十八ケ所の支城も忽ち落ちた。


ここ蒲生郡日野城では、城主蒲生賢秀《かたひで》が妹婿で今は信長・信孝に従っている神戸具盛の話を聞きながら深刻な顔つきをしていた。

信長と同い年の三十五の賢秀は、既に主人の六角義賢・義治父子を見切り日野城に退去していたのである。

蒲生一族の将来を考えた賢秀の決断は早かった。

「息子鶴千代を差し出し、蒲生の一族、信長様に忠誠をお誓い申し上げまする」

一時後、具盛の勧めで観音寺城に出頭した賢秀は、昨日まで六角義賢が居た同じ席に座している信長の前にすすみ出て、そう口上し深々と平伏した。

黙って頷いた信長は、賢秀よりも傍に控えている人質に目を遣る。

「何歳になるや」

信長は努めて優しく尋ねた。

「鶴千代、十三歳に相成りまする」

その凛々しさに満足気になった信長は
「賢秀。良き子じゃ」

と、賢秀を見遣り笑みを浮かべた。

この瞬間、蒲生一族は、戦国の世を信長・秀吉と駆け抜けることを運命付けられる。

いずれにせよ蒲生の帰順は、上洛する信長にとって朗報であった。


翌年、この鶴千代（蒲生氏郷）に信長は、次女で十歳の於冬《おふゆ》を嫁す。

余談であるが、後、鶴千代の一字をとり、会津黒川城を会津若松城〝鶴ヶ城〟と命名した氏郷は四十歳で病死すると、豊臣秀吉は未亡人となった美貌と評判が高い於冬を側室にすべく迫るが、於冬は直ちに尼になりこれを拒み、このためか、遺児の蒲生秀行《ひでゆき》は会津九十万石から宇都宮十八万石に減封となる。

が、寛永十八年（一六四一）五月九日、八十四歳で没するまで、於冬は毅然とした生涯を全うし、たとえ残照となっても蒲生の栄光と信長の娘としての誇りは失うことはなかったとまれ。

賢秀の祖父高郷《たかさと》のもとへ八郎の伯母が嫁いでおり、蒲生は佐治八郎信方とも繋がっていた。それを知った信長に於犬の顔が掠めた。

（十一）　上洛を果す

かくして、南近江を平定し、使者として不破光治を立政寺に送り、九月二十二日、観音寺山の桑実寺《くわのみでら》に足利義昭を迎えた信長は、三好三人衆の情勢を掴むと二十六日入京する。

二十九日、京西南部の京の防衛拠点の要衝である勝龍寺《しょうりゅうじ》（長岡京市）を攻略、城将岩成友通は降参し城から退去する。

その数日前には山城から大和に入る水陸の要衝、木津《きづ》城（木津川市）に布陣していた三好政康が既に奈良方面へ退陣していた。

三十日、大坂と堺を結ぶ要衝、摂津《せっつ》芥川城（高槻市）を細川昭元と共に守っていた三好長逸は、山崎に本陣を移した信長に攻略され城を退去する。

このように三好三人衆が柴田勝家・蜂屋頼隆《はちやよりたか》・森可成《よしなり》・坂井政尚《まさひさ》等四将を中核とする圧倒的な軍勢に恐れをなし退散すると、九月三十日、信長は義昭を奉じて芥川城に入城する。

引き続き摂津方面で掃討戦が続く。

まず伊丹城（伊丹市）の伊丹忠親《ただちか》が降伏。滝山城（神戸市）の三好切っての部将、篠原長房《ながふさ》は阿波《あわ》（徳島県）に逃げ、十月二日、抗戦していた池田城（西宮市）の池田勝正も降伏し、かくして畿内は、平定された。


その翌日の十月三日、その日を待ち兼ねたように一人の男が芥川城に信長を訪ねる。

将軍足利義輝を三好三人衆と襲殺した多聞《たもん》城（奈良市）城主松永久秀である。

久秀は三年前の永禄八年五月十九日、将軍を殺害した後、三好三人衆と対立し抗争を繰り返し、畿内は動乱を呈し戦局は不利になっていた。そんな折、上洛した信長は久秀にとって正に渡りに舟であった。

「信長が儂に望んでおるのは二つある。大和を平定するために利用することと、上洛後権威付けのため、儂の所有する大名物を手に入れることじゃ」

上洛の噂を一年以上も前から掴んでいた久秀は、信長の望むところを調べていた。

しかし、義昭に対する不安は隠す事ができなかった。

「〝兄を殺し自分を幽閉した久秀は、憎んでも余りある奴〟、義昭はそう思っているであろう。ここは出し惜しみは許されん。信長の懐に飛び込むしかない」

そう決意した久秀は、人質と名物中の名物と言われる大名物を信長に差し出す。

久秀が差し出した大名物とは、茶入「付藻茄子《つくもなす》」で、「作物《つくも》」とも「九十九髪茄子《つくもかみなす》」とも呼ばれる唐物である。

この茶入れの運命は三代将軍足利義満が肌身離さず愛蔵した後、八代将軍足利義政から寵臣の山名政豊《まさとよ》に渡り、やがて茶道の祖、村田珠光《じゅこう》が銭九十九貫文で入手し、この茶入を「作物《つくも》」と命名する。

その後は越前朝倉太郎佐衛門尉教景《さえもんのじょうたかかげ》（宗滴《そうてき》）が銭五百貫文で手に入れ、これを法華宗本能寺の有力な檀那、越前の小袖屋が銭千貫文で買入れ、法華宗の大名の久秀が秘蔵していた。

そして今、信長が手に入れたのである。

「数々の悪逆、今回目を瞑る。大和を治めるべし。直ぐ大和を平定せよ」

平伏する久秀の頭に信長の甲高い声が落ち、この瞬間、大名物は久秀に命と大和一国を与えた。

信長は平定した畿内について、降伏、軍門に降った殆どの将に旧領を安堵した。

十月十四日、京に戻り清水寺に本陣を置いた信長は、義昭の仮の御所に細川昭元邸をあてる。

細川六郎昭元は、足利幕府政治を統括する重要職、管領を司る管領家、細川家の嫡流である。

管領家の威令が通じない世に生まれた六郎は、権力争いに巻き込まれ、信長上洛時は三好三人衆に擁され、芥川城に籠もっていたが退城し阿波に逃れていた。

この時、二十三歳であった六郎は、後、信長の軍門に降り、やがてこの六郎に佐治八郎の妻、於犬が再婚することになる。


〝乱暴狼藉をする兵は無く。猛々しい武士と聞いておったが、存外優しげな〟

と京に戻った信長に、公家衆だけでなく洛内外の民から称賛の声が上がる。

信長は、新たな占領地に於ける兵に対し、厳しい規律を課し、治安の維持を徹底していた。人々に安堵感を与えるためだけでなく、常在戦場として足軽に至るまで、絶えず緊張させ、不測事態に即刻対応し兵を動員できる様、準備をする必要があるからである。

十月十八日夜、征夷大将軍の宣下を受けて大喜びした義昭は、仮御所で信長を能興行で持て成すと、信長に副将軍か管領のいずれかに就くことを勧め、信長に感謝の意を表そうとする。が、信長はこれを辞退した。

「隣国、干戈《かんか》収まらず。地位、名誉は天下一統後のことじゃ。義昭は天下を取ったつもりであろうが、儂が下風に立つことは無い」

これが信長の本音である。

それではと義昭は信長宛ての感状に、

〝御父《おんちち》　織田弾正忠《だんじょうのじょう》殿〟と記し、〝武勇天下第一也〟と信長を誉め称え、〝足利の桐紋〟と旗や幕に付ける〝二引両《にひきりょう》の家紋〟を与えた。

信長はこれは受け取った。


十月二十八日、帰城のため京を発った信長は、帰途馬上様々な思いに耽っている。

「大騒ぎするでない。棘を数本抜いただけ。直き、三好は蟠踞する」

浮かれ舞う義昭を信長は腹で嗤《わら》って
「あの公方《くぼう》は、存外手が焼けるか」

と呟きながら岐阜に向かっていた。


信長は、上洛中あげた四点程の成果を満足気に振り返った。

第一に、泉州《せんしゅう》の堺津《さかいのつ》、江州《こうしゅう》の大津・草津の水陸交通の要衝に代官を付け置き、貿易や商業の利益を獲得できると考えた。

「五畿はお望み次第に」との義昭の申し出を辞退し、その代わりに得たものである。

第二に、矢銭を課し軍事費の目途がたった。

摂津の本願寺に銭五千貫、堺の南北に銭二万貫を初め大和法隆寺等に課税したのである。

従来は兵による乱暴狼藉・陣取り・寄宿・放火・兵糧米や税の取立等を一切禁止する掟書《おきてがき》（禁制）を社寺等に与え、安全を保障する代わりに課税するのが一般的であったが、信長は門前町を形成する社寺、商業の堺等、都市型の商業にも財源を求めた。

第三に、堺の制圧の見通しがついた。

堺は、五山の一つ相国寺《しょうこくじ》の寺領であったのを室町時代の初め、納屋貸《なやがし》（倉庫業）・貿易を営む問屋《といや》商人・地主等の有力者が自治権を買い取り、三十六人の会合衆で自治を運営してきた。

その納屋貸、火薬・鉄砲生産に係わる会合衆の一人、今井宗久《そうきゅう》が、芥川城に滞在中の信長に名物松嶋の壺と紹鷗《じょうおう》茄子《なす》を進上し、逸早く信長に通じたのである。

三好衆の今までの恩顧から堺の会合衆は矢銭を拒否するが、信長は堺を攻めなかった。

今井宗久・天王寺屋宗及《そうぎゅう》等の親信長派が能登屋・臙脂屋《べにや》の反信長派を、漸次、説得できると読んでいたからである。

信長は近江の国友村（長浜市）と共に、国内最大の鉄砲生産地、堺を支配することが天下一統のため、戦略上、極めて重要であると考えていた。従って、堺の支配は今度の上洛の目的の一つでもあった。

信長が想定した通り翌年の正月、今井宗久等所謂《いわゆる》茶人達の説得と信長の威嚇を前に、三十六人衆は連判《れんぱん》をささげ首代《くびしろ》として二万貫を上納し降伏することになる。

読み通り効果的に堺を支配した信長は、やがて茶の魅力に惹かれ、宗久の推薦で千宗易《せんそうえき》（千利休）を登場させる。

第四に、尾張・美濃を中心とする直属の部将と部隊が成長した。これには大満足である。

「上洛戦は、この直属部隊だけで勝ち取ったと言って良い。かく岐阜に帰城できるのも佐久間信盛・木下秀吉・丹羽長秀・中川重政・村井貞勝・明院良政《みょういんりょうせい》等が京に駐在し、治安維持と政務を行っているからじゃ」

天下に向けて進む自分を、これ程冷静に観察できたことに、信長は満足し一息つくと、馬上、両手を高く挙げた。

「ええかげんにしてちょう。お公家言葉は。つかれるでいかん。親父、爺まんだいかん。天下はこれからでなも。仰山やらにゃあ。だで、もうちょっと待っとってちょう」

天空に向かって心中叫んだ信長は、傍の小姓、勝蔵（美濃金山《かねやま》城―可児市兼山―可成《よしなり》の子。この時十一歳。長可《ながよし》）と目が合うとにっこり笑った。

（十二）　岐阜城

十一月の末、八郎は春から着手していた軍船の建造状況を信長から求められ、急ぎ長島の戦場から岐阜の館に出向いた。

「伊勢船一隻・関船五隻・小早船十隻を完成。今は信興様の下、兵糧運搬の役につき、引き続き造船を命じております」

日焼けした精悍な顔つきで力を込め報告した。

「あい、分かった」

と頷いた信長は、八郎を手招いた。

「於犬から肴が届いた。八郎は幾つになったかや」

上洛の御祝いとして、海鼠《なまこ》や鯛を贈る様、八郎は於犬に頼んでいた。

大野の水が合っているのか、於犬の息災を知った信長は機嫌が良い。

「十九になりまする」

痩躯《そうく》で面長な顔の信長をしっかり見詰め、八郎は声を張り上げ答えた。

「間もなく長島を叩く。その時こそ大野水軍は期待される。励め」

叱咤激励した信長は、八郎に付け加えた。

「於犬に会ってから長島に行きゃあ」

信長は一人の小姓を手招く。

「久太郎。八郎に庭を案内したってちょう」

と、堀久太郎秀政に命じた。


美濃茜部《あかなべ》（岐阜市）を領する秀政は、この時十六歳。将軍義昭の新たな仮御所となる本国寺の普請状況の報告のため、岐阜に来ていたのである。秀政は信長の側近として活躍の後、秀吉の武将として天正十八年（一五九〇）小田原の役の陣中で病死。享年三十八。

信長に礼を述べ退席しようと立ち上がった途端、八郎は思わず「あっ！」と叫んだ。目の前に信長にそっくりな武将が立って居たからである。

信長の九歳下の二十六歳の信包であった。この温和そうな信包に、八郎の嫡男の運命が守られるとは、八郎は知る由もない。

秀政の案内で館から庭に出ようとした八郎に気付き、颯と廊下の脇に寄り深々と頭を下げた女性が居た。

「於鍋《おなべ》の御方様でございます」

庭に降りたつと秀政は八郎に囁いた。

於鍋は、近江神崎《かんざき》郡高野城（東近江市永源寺）の小倉右京亮実秀《うきょうのすけさねひで》の室であった。

九年前の永禄二年、八風《はっぷう》峠を越え京と清須を往復した折、信長は実秀に道案内を請うた。

これを知った六角義賢は今度の上洛戦の際、家臣の実秀が信長に通じていると疑い、実秀を切腹させた。

信長にとって今川との決戦が迫る中での八風越えは忘れ難く、寡婦となり実秀の遺言通り、岐阜の信長を訪ねきた外連《けれん》のない一途な於鍋に信長は、かつて吉乃に感じたと同じ安らぎを覚えたのであろう。

信長は、実秀の遺子甚五郎と松千代も引き取り、その後於鍋とは信吉・信高・於振《おふり》を儲け、四人の男子は信長のため、命をかけ戦うことになる。

中でも於振は八郎の嫡男与九郎と再婚し、〝信長の残照〟として誇り高く生き抜く。

「これは、母上が語っていた磐余池《いわれいけ》じゃ。まるで、桃源郷をみている様じゃ」

驚きの声をあげた八郎は、一面に豁《ひら》けた見事な庭園に暫し見とれる。

八郎は母永春尼が語る美しい溜め池の話を覚えている。

〝百伝《ももつた》ふ磐余《いわれ》の池に鳴く鴨《かも》を今日のみ見てや雲隠りなむ〟

と詠んだ大津皇子の歌にある美しい池、磐余池という名は八郎の記憶に擦り込まれていたのである。

翌年の永禄十二年に信長を訪ね、岐阜にやって来た宣教師ルイス・フロイスも、

〝極めて新鮮な四つ五つの庭園があり、その完全さは日本に於て甚《はなは》だ稀有《けう》なもの。それらの幾つかには一ペルモ（二十二センチ）の深さの池があり……鏡のように滑らかな小石や眩《まばゆ》い白砂があり、その中に泳いでいる各種の美しい魚が多数いた。（「日本史」）〟

と記している。

その時、向こう側の池の畔を早足で館に向かう一人の武士が八郎に気付き、軽く頭を下げた。

「明智《あけち》光秀殿でござる」

急ぎ頭を下げた八郎に秀政は囁いた。

光秀は、明智城（可児《かに》市長山《おさやま》）城主土岐氏の流れ、明智氏で、斎藤義龍に攻められ一族離散。越前朝倉に仕えていた時、細川藤孝と知り合ってから運が上向いた。

藤孝の口添えで上洛直前の信長に接近、今は義昭・公家衆との渉外に従事している。光秀は渉外報告と裁決を仰ぐため、岐阜に来ていたのである。

岐阜で出会った信包・於鍋・光秀の三人は、いずれにしても八郎亡き後、佐治一族に信包と於鍋は福を与え、光秀は禍《わざわい》を齎《もたら》す。

半刻後、初夏の晴れた日には、黄金色に輝いて見えるという花を咲かせるツブラジイの常緑樹で覆われた稲葉山を後にした八郎は、軽い足取りで大野に向かった。

大野の滞在を二日許りで切り上げた八郎は、師走十二月の初旬、今年最後の兵糧を砦へ送り込むと、漠然と霙《みぞれ》が降り注ぐ燻銀《いぶしぎん》の海を眺めていた。

二、三日前の痺れるような疼《うず》きに似た感触は、今も体に纏わり付いて離れない。

吼えるような海風の鳴き声が閨《ねや》を襲う中、八郎は激しく狂わしく、何度も於犬を抱いた。耳朶《みみたぶ》を優しく噛む度、於犬は啜り泣き、

「御無事で御戻り下さい。必らず御無事で。犬はそれだけが楽しみなのです」

と八郎に切々と訴えていた。

その愛しい囁きを確り胸に収めた八郎は、別れの朝、於犬の黒髪と差し込んだ微光で色白に

浮んだ頤《おとがい》を撫でながら、

「手柄をたて必ず戻る」

そう言い残し、僅か二日の滞在で於犬のもとを去ったのである。


年の瀬も押し詰まった暮歳《ぼさい》の二十四日に、躍起になって信長の歓心を買っていた松永久秀が、名物の茶道具を沢山持参し岐阜にやってきた。

「ゆっくりして行くが良かろう。戻るのは年明けにせい」

「ありがたき幸せ」

と平伏し、久秀は腹の中で北叟笑《ほくそえ》む。

「したり！　名物でこやつは操れる。今、暫く様子を見るか」

一方信長は上機嫌そうに名物を手にしながら、この二十四歳も年上の還暦に近いが尚も脂ぎった久秀の顔を醒めた目で瞥見する。

しかし信長は明らかに名物獲りに気を遣い始めていた。

それは名物茶道具類が好奇心を満足させるだけではなく、天下を統《す》べる権威の象徴としての価値を見い出せると考えたからである。

が、名物は完璧な軍事戦略を油断させ、一瞬の隙をつくり、その命を奪う。

「儂こそが名物を持つに相応しい」

と思い込んだ結果、信長は名物により本能寺に縛り付けられ、本能寺で命を落とす事になったと言っても過言ではない。

茶道具を一通り翫味《がんみ》した信長は、懇《ねんご》ろに礼を言われ退席する白髪頭の久秀を見送ると、自慢の園地に目を遣る。

そこには白《はく》一色の雪景色が拡がっていた。

「こうして上洛に専念できるのも、後ろに（東方で敵対勢力に対している）家康がおるからじゃ。家康はおそらく儂に運命的なものを感じ良くつくしてくれるのであろうか」

先刻から矢継ぎ早やに、家康から武田信玄の動向が寄せられる中、信長の脳裡を尾張に閉じ籠められていた頃の幼少竹千代（家康）と桶狭間の合戦で結果的に今川の人質から解放された元康（家康）の二つの顔が掠めた。

数日前の十三日に信玄は、今川義元亡き後、嫡男の氏真《うじざね》が守る駿府を攻略。三河を平定した家康も今川領の遠江《とおとうみ》に侵攻し、十二月二十七日、遠江掛川城を攻めている。

この信玄・家康の今川領侵攻に、今川氏真に娘を嫁した相模《さがみ》の北条氏康とその嫡男氏政は今川救援の動きをみせ、且つ越後の上杉輝虎《てるとら》（謙信）に同盟を求めたため、一気に東国に戦雲が垂れ籠める。

これより三年程前の美濃攻略の最中、信長は遠交近攻策として信長の養女を信玄の四男勝頼に嫁し、信玄と同盟を結んでいた。

養女は、東美濃苗木城《なえきじょう》（中津川市）の苗木勘太郎《かんたろう》（遠山直廉《なおかど》）に嫁いだ信長の妹於勝《おかつ》の娘於雪《おゆき》である。また、岩村城（恵那市）の城主で勘太郎の兄遠山景任《かげとう》には、信長は叔母の於艶《おつや》を嫁し、美濃・信濃・三河の接点で交通の要衝のこの二つの城を押えていた。

「東は、一波乱ある。武田と上杉が上《のぼ》って来ん内に、畿内と伊勢の平定を急がにゃあ」

今の信長は祈るしかない。

永禄十二年に年が変わろうとしていた頃、阿波《あわ》（徳島）に逃げていた三好三人衆の軍船が堺湊に向かっていた。

信長・久秀の畿内不在をつき、義昭を殺害するため仮御所の本国寺を襲撃しようとしていたのである。

（十三）　本国寺合戦

永禄十二年（一五六九）己巳《つちのとみ》、正月。

阿波から堺に集結した三好三人衆は、陣容を整えると兵五千にて京にむかって進撃を開始した。

この中に流浪中の斎藤龍興と旧臣の長井道利《みちとし》が加わっていた。

正月五日、三好方は本国寺を包囲する。この時、本国寺方は僅か二千。前将軍義輝の襲殺の再来かと思われた。

本国寺方には、側近の細川藤賢《ふじかた》・信長の家臣の織田左近将監《さこんのしょうげん》・義昭の護衛隊の若狭衆等が居た。明智光秀の姿もある。

多勢に無勢。本国寺方は苦戦する。が、必至に抗戦する内、細川藤孝・伊丹忠親・池田勝正等の兵が後巻《うしろまき》として上って来るという報に、三好方は後退する。

翌六日、挟み撃ちされた三好方は、申《さる》の刻（午後四時頃）敗退する。

急報が信長に届けられたのは、正月の六日である。

直ちに上洛を触れ、出陣の準備を命じると九日、大雪の中を一騎懸《が け》で岐阜城を飛び出す。十騎程の供衆《ともしゅう》が必死に後を追う。

これがここ一番の時、先陣を切る信長の姿である。

三日路《じ》のところを二日で踏破し、十日に入洛するや、直行した本国寺で義昭の無事な姿を確認した信長は、安堵の胸を撫で下ろす。

「兎に角、天下一統の見通しがつくまでの間、必要に応じ将軍義昭の傘を利用すれば良いのじゃ。その後は、儂の御伽衆《おとぎしゅう》になればと考えておる。今、死んでもらってはこまる」

その程度に信長は考えていた。


〝全て織田政権下により、将軍義昭は守られている〟ことを天下に示すため、信長は二つ実行に移した。

一つ目は、正月十四日の九ヶ条と追加七ヶ条からなる〝殿中御掟《おんおきて》〟の制定である。

これは幕府政治を行う義昭の居所での秩序・規則を定めるものである。

例えば、五条に〝訴訟沙汰のような政務について、奉行衆を介さない勝手な内奏は禁止する〟という義昭自身に注意を与える内容もある。

「自分が檄をとばし、天下を掌握できた」

そう考えていた義昭の自尊心は、この掟により傷付けられたであろう。

が、掟という鞭の後、信長は透かさずその二つ目として、義昭に飴を与える。

二つ目は、新たに将軍の御所をつくる、である。

新御所〝二条の館〟の建築場所は、将軍義輝の旧館で武衛（斯波義廉《しばよしかど》）の陣跡である。

二月一日、諸国から上洛した役夫に対し、普請奉行の村井貞勝・島田秀満《ひでみつ》の下、昼夜の突貫工事を命じ、信長自ら工事現場を督励している。

四月十四日、二条の館に移った義昭の喜びは一入《ひとしお》であった。

この数日前の八日、信長は普請現場でポルトガル人のイエズス会宣教師ルイス・フロイスと面会し、質問攻めにした後、フロイスの求めに応じ、〝洛中並びに領国に於ける滞在と布教の自由を認める〟朱印状を発給していた。

茲に、フランシスコ・ザビエルが布教の夢破れ虚しく京を去って凡そ二十年、布教繁栄の基礎が築かれたのである。

四月二十一日、禁裏御所の修繕の奉行に法華宗僧侶の朝山日乗《あさやまにちじょう》と村井貞勝を任命した信長は、京を発ち岐阜へ向かう。

この時、義昭は別れを惜しんで落涙し、門外まで見送った後、二条の館の東の石垣に登って、三条粟田口《あわたぐち》に向かって進む信長の軍列を遠望し、見送っている。

信長は、そうした義昭の様子に気付いていていたが、振り返らなかった。

「遣るべきことは、一まず遣り遂げた」

という充実感に浸っていたからである。

信長は遣り遂げた事柄を反芻していた。

〝儂の不在を衝き、圧倒的な軍勢で来襲した三好三人衆を敗走させた〟

〝尾張美濃・近江・伊勢・三河・五畿・若狭・丹後・丹波・播磨より、儂の後を追い入洛した軍兵を加え、凡そ二万五千人で以って、少なくとも二、三年かかると思われた普請を七十日で完成させた〟

そして更に、

〝細川藤賢邸にある古来の、藤戸石《ふじといし》という大石を綾錦《あやにしき》で包み、色々花を飾り、大縄を余多《あまた》かけ、座る時のために虎皮を腰に巻いた儂が、笛・大鼓・鼓を以って囃し立てながら曳《ひ》き摺《ず》り、二条の館の庭上に引き威勢を示した〟

〝幕府に対し「掟」を定めた〟

〝老朽の禁裏修築に着手し、朝廷に修理費用として、一万貫文を献上した〟

〝今回のような襲撃を不安視した義昭のために、警固のため、木下秀吉の軍勢を駐屯させた〟

そうした様々な事柄を遣り遂げたと確信した信長は、突然大音声で囃し始めた。

「ハア、ちょうさやようさ、ちょうさやようさ。えいとも、えいとも、えいともな」

ここで一息吐き、気合を込め
「そりゃあ。そりゃあ！」

と煽った。

すると周りの供回り衆は、一斉に囃したてる。

信長は一瞬、若い頃、囃し踊りつつ山車《だし》を曳いた尾張の津島祭を思い出した。

「いずれにしても儂なくして存立出来ん事、分かったか。義昭。わっはっは！」

供回りの衆が囃したてる中、信長は満悦の笑みを浮べ大声を発した。

（十四）南伊勢の攻略

信長が京を発った直後のこと。御所修築奉行の朝山日乗は、腹の虫が納まらない。

それは、日乗が法華宗僧侶で雄弁家にして熱烈なイエズス排斥論者だったからである。

勤皇家で正親町天皇の信任厚い日乗は、朝廷に働き掛け、宣教師の追放を謀る。イエズス会の会堂襲撃の噂立つ中、不穏な雲行きに危機感を抱いたフロイスは、信長に訴えるため五月下旬、岐阜に着く。

信長が京から岐阜に帰城した一ヶ月後であった。

信長はフロイスを居館に招き入れると、要求どおり将軍義昭が宣教師を保護する旨の御内書を発給するように段取りを付けた後、

「内裏、公方も気にするな。全ては予の権力の下にあり、予が述べることのみを行ない、汝は欲するところに居るが良い」

近臣達の前で、長身痩躯、髭《ひげ》少なく、疳《かん》高い声で信長は、フロイスにそう言い放った。

フロイスが信長に案内され、四階建ての居館、山頂の天守などを巡っている時、佐治八郎信方は過酷な戦場に居た。

組織的に組み立てられた戦闘集団の織田軍は、小木江砦と連繋を密にして何とか一向宗徒勢を長島に封じ込めており、膠着した戦闘も大規模な衝突もなく穏やかな表情をみせている。

が、八郎は、じわじわ襲ってくる恐怖に四六時中、戦《おのの》いていた。

相変わらず厳しい夜間の警固を敷いていたが、水陸両方から湧くが如く襲いかかってくる宗

徒勢による犠牲者は日々出ており、逆に宗徒による包囲を感じるからである。

長島の合戦で、二回目の夏を迎えた八郎は、闘魂逞しい若武者の面《つら》に変貌している。が、心は不安を閉じ込めた闇の中にある。

季節は水無月、六月である。

「日の入りも随分遅うなった」

幕営内で床几に腰かけ暫く海辺と上空の朶雲《だぐも》を交互に見遣っていた八郎は、一つ欠伸《あくび》して日溜まりの中で、うとうと始めた。


「殿！」

その声に八郎は床几を蹴って立ち上がった。

「御文でござります」

敵襲と勘違いした八郎は、ほっとして文箱を受けとると床几に座り直し、おもむろに文を取り出す。於犬からであった。

「大野の風が薫るようじゃ」

於犬の文に目を通すや否や、八郎は喜色満面になった。

「でかしたぞ。於犬！」

何と、懐妊の報であった。

忽《たちま》ち凱風快晴が戦場の重苦しさを吹き飛ばしていった。八郎は、小躍りしたくなる気持を必死に堪えていた。


かねてから北畠討伐の準備を着々と進めていた信長は、フロイスが京に戻った直後の五月の晦日、北畠具教《とものり》の弟で木造《こつくり》家の養子に入っていた伊勢小造城（津市小造）の小造具政《こつくりともまさ》の調略成功の報に接する。

百騎を含む兵一千の具政の味方は、軍勢としては小なるも、北畠一族に衝撃を与えるには十分である。

「これで儂が考えた通りやれるがや。半月もありゃあ十分。神宮の参拝が楽しみ。その後で上洛し、京の様子をみるか」

勘考した作戦通り展開できると、信長は今、予感していた。

六月の初め信長から
「南伊勢を攻略す。八月の末。北伊勢へ宗徒動かば敲《たた》け」

指令を受けた信興と八郎は、厳戒態勢に入る。

永禄十二年八月二十日、総勢八万を率いた信長は岐阜を出陣。

領国の尾張・美濃・北伊勢は勿論、同盟の三河・遠江・近江の諸将も参陣している。

近江浅井長政の部将磯野員昌《かずまさ》の姿があり、当然上野城の信包も参陣している。

途中、鷹狩りを楽しみ、桑名・白子《しらこ》を経て二十三日、小造城に入る。

二十六日、先陣の木下秀吉は標高三百メートルの山城、一志《いちし》郡の阿坂《あざか》城（松阪市阿坂）を攻略するも、阿坂城主大宮含忍斎《おおみやがんにんさい》の子大丞《だいじょう》の矢で右股を射られ、一生一度の戦傷をしている。

二十八日、坂内《さかない》川の中流にある北畠具教の本拠、飯南《いいなん》郡の大河内《おかわち》城（松阪市大河内）を包囲すると、城の四方を鹿垣《ししがき》で二、三重に囲い、城下を焼き払い、作物を薙ぎ払う。

城東の山に本陣を置き、具教・具房父子の動揺を待っていた信長に、十月の初め、和議を仕掛ける機会がやってくる。

十月三日、四十二歳の具教は、信長の次男十二歳の信雄《のぶかつ》、幼名茶筅丸《ちゃせんまる》に北畠の家督を譲り、開城するという和議を受諾する。

翌日、攻撃していた滝川一益・津田掃部助《かもんのすけ》一安《かずやす》の両名に城を明け渡した北畠父子の内、具房は大河内城から直ぐ西の山城、坂内城（松阪市阪内）へ、具教は同じく南西へ十五キロ離れた熊野街道沿いの上三瀬《かみみせ》の三瀬館《みせのやかた》へ移る。

その直後、信長は田丸城（度会郡玉城《わたらいぐんたまき》）・船江城《ふなえ》（松阪市船江）等、北畠の城を虱潰《しらみ》しの如く破却し、土着の土豪を取り込み、旧体制を壊滅させた。

第四回伊勢侵攻であった。

大河内城南の山に布陣していた信包に対し信長から指令が出たのは、北畠の諸城を破却している最中であった。

「上野へ急ぎ戻り、諸国の将軍が帰陣するための兵糧を準備せい」

信包は飛ぶように上野に向かった。

村上源氏の名門、北畠家八代北畠具教その後である。

具教は信長に従う姿勢を見せつつ南伊勢の支配者としての活動を示していたが、七年後の天正四年十一月二十五日、信雄の臣で具教の旧臣藤方具俊《ふじかたともとし》により三瀬館に於て殺害される。

塚原卜伝《つかはらぼくでん》から一刀の至極を伝授された具教は四十九歳であった。

北畠の一族十三人も、前年大改造して移って来た田丸城の信雄に呼び付けられ謀殺される。

具教の子の具房は、助命され滝川一益に預けられ、後、京に住み五十三歳で没す。

（十五）　将軍義昭

旅人の往還や物資流通を盛んにするため、伊勢国内の諸関所を廃止した信長は、移動を開始する。

十月六日、織田の御師《おんし》、上部大夫貞永《うわべだいふさだなが》の案内で伊勢神宮に参拝し、木造城まで戻る。

八日、先に帰陣させた信包が待つ上野城に着陣した信長は

「信包は上野。一益は安濃津《あのつ》・渋見・木造（今の津市）。各々守りを固めろ！」

と命じ、信雄の後見人は津田一安とした。

翌早朝、信長は馬廻り衆だけを引き連れ、千種《ちくさ》峠・根平《ねのひら》峠・杉峠を越え、京に向かう。

十一日、上洛し、義昭に伊勢平定を報告した二日後の十三日、参内した信長は長橋局《ながはしのつぼね》に於て正親町天皇から天盃《てんはい》を賜る。

信長は返礼として貢ぎ物を贈り天皇との親密さを確認する。

が、直後の十七日、信長は突然帰国。

僧英俊《えいしゅん》による奈良興福寺多聞院日記の十月十九日の条には

〝十六日二上意ト（義昭と）セリアキテ（口論して）下了《くだりおわんぬ》（岐阜へ帰った）〟

と記されている。

恐らく、幕府に対する〝殿中掟〟に義昭が違反した事が原因だったのであろう。

この信長の帰国は、天皇を初め多くの人々を不安に陥れ、正親町天皇も女房奉書を認《したた》めて信長を慰めることになる。

いずれにしても義昭を織田政権下に置こうとする信長が、早晩義昭と衝突する位、信長は予測していたであろう。

その信長が岐阜に帰城した永禄十二年十月十九日、大野城内で男児が誕生する。

後の佐治四代与九郎一成《よくろうかずなり》である。

於犬と八郎の悦びと共にその別れも刻々と迫る。

翌、永禄十三年（一五七〇）庚午《かのえうま》。正月。

信長は正月を岐阜で迎えた。

義昭の申し出により、元亀《げんき》に改元されるのは、この年の四月二十三日である。

扨、昨年帰国した信長のもとには、〝天皇の女房奉書の発給〟、〝天皇の命による将軍の女房衆の大蔵卿局《おおくらきょうのつぼね》や山科言継《やましなときつぐ》等の下向《げこう》〟が相次いだ。

朝廷は信長に気遣い、何とかその意向を打診ようとする。

信長は、にたりと笑った。

将軍の名を利用し天下布武を円滑に進めるため、義昭を完全に信長の管理下に置く時が到来したと考えたからである。


正月の二十三日、双方合意の上、信長は義昭に料紙の右側の袖に黒印を捺させ、所謂〝五ヵ条の条書〟を成文化する。

その第一条には、

〝大名たちに御内書《ごないしょ》で命令する場合、まず信長にその旨を言う。

その場合、信長からの書状（副状《そえじょう》）を添えること〟

とある。

前年の〝殿中掟〟に比べ、義昭に対する一層強い締め付けである。

同日、信長は諸国の大名や武将に対し、将軍義昭の名代として
〝皇居の修理、幕府への奉仕、其外天下静謐のため、来る二月中旬に上洛するつもりである

由、各々方も上洛して、天皇・将軍に拝礼し御役に立つように。御延引《ごえんいん》あるべからず〟と上洛を命じる触状《ふれじょう》を送る。狙いは越前攻めである。

この触書は、東は家康・信玄、西は出雲の尼子《あまご》に及ぶ十九ヵ国に出された。

二月二十五日、予定より遅く岐阜を発った信長は、わざとゆっくり行軍しながら、〝五ヵ条の条書（条々）〟の第四条の箇所を繰り返し口遊《くちずさ》んでいた。その四条には、

〝天下の儀、何様《いかよう》にも信長に任せ置かる上は、誰々にも寄らず、上意（将軍義昭）を得るに及ばず、分別次第に成敗すること〟

とあり、明らかに義昭を傀儡《かいらい》化しようとするものである。

「これで義昭は儂に叛《そむ》き、越前（朝倉義景）甲斐（武田信玄）等へ通じる。さすれば刃向う者《もん》が舞台に出てくるがや。叩きのめす機会が来ようと言うもの。これで布武がまた、一歩進む」

そう嘯《うそぶ》いた信長は、近江安土の常楽寺《じょうらくじ》に数日間滞在、近江中の相撲取りを集め相撲大会を興行しながら、諸国の、特に越前朝倉の上洛に対する反応に神経を尖らし、頻りに情報を集めていた。

〝朝倉が上洛を断る返書を出した〟

との報が届けられたのは、その時である。

「朝倉を討つ大義名分ができた」

一転、信長は京へ急行する。

（十六）信長の危機 一

信長が上洛したのは、二月三十日の申《さる》の刻（午後四時頃）。

大勢の公家・地下人《じげにん》（昇殿がゆるされていない官人）・町人等が堅田《かただ》や坂本（大津市）から京の郊外にかけて出迎えに奔走している。

信長の権威が将軍義昭を上回る様子を示すためで、信長が予め仕組んでおいたものである。

翌三月朔日《ついたち》、信長は二条の館の義昭を礼参し、午後、参内し、誠仁親王にも対面した。

その四日後、信長は義昭、三好義継、松永久秀等と鷹狩に出かけた。狩りの最中、信長は参内の時の様子を思い浮かべ、

「正六位の弾正忠《だんじょうのじょう》の地下人の儂が禁裏（皇居）に参内したのは極めて愉快。公卿（官位三位以上）の周章《あわ》てぶりも可笑《おか》しいもんじゃ。

いずれにせよ。天下布武を執行するに、強い軍兵と戦略が一番大事じゃ。官位官職は利用す

るだけのもんで、欲しがるもんじゃないがや」

と冷笑していたが、忽ち朝倉討伐に傾注していった。

触状により、大勢の大名が続々と上洛し、遠国の備前（岡山）の宇喜多直家《うきたなおいえ》・豊後《ぶんご》（大分）の大友義鎮《よししげ》等は使者を派遣してきた。

信長が宿所とした上京《かみきょう》の医師半井驢庵《なからいろあん》宅の前は、門前市をなし、贈り物が山と積まれ、名物狩りに熱心な信長の元に天王寺屋（津田）宗及《そうぎゅう》は名物菓子絵《かしのえ》を持参する。

北宋の画家趙昌《ちょうしょう》の瓜・楊梅《やまもも》・琵琶・桃・蓮根の五種を瑠璃鉢《るりのはち》に盛った唐絵である。

四月二十日を朝倉義景討伐軍を発する日と決め、その準備に入っていた信長は、茶屋四郎次郎清延《きよのぶ》宅に宿っていた徳川家康に対して出陣前の将兵の士気を高めるため、馬揃えを命じた。

馬揃えは、家康の家臣衆の駿馬五十頭が参加し、二条の館の桜馬場にて義昭の観覧下実施され、

「これで越前討伐軍が幕府軍となった。儂の作戦通りすすんどる」

と、信長は満足気であった。

この直後、信長への叛意を直隠《ひた》しにしている義昭に信玄から書状が届く。

〝信長より出されている書状の認《したた》め方をみると、上意御下知《じょういごけち》の由と書かれており、十分注意されるように。……これからは御分別あるように〟

この信玄の書状に思わず引き寄せられた義昭は、悦びを抑え声を絞り上げた。

「右手で政権を握り、自分の意のままにし、左手で幕府・将軍だけでなく朝廷まで利用しようとする信長奴。そうはさせじ」

信玄の書状を両手に載せ、暫く黙していたが、やがて満悦の笑みを浮かべると
「信長の腹積もりがそうと分かれば、右手で諸国の大名を扇動し、信長を包囲し、左手で信長を大いに立て油断させようぞ」

と義昭は決意を固め、右手でぽんと膝を打つと、徐に立ち上がった。


永禄が元亀《げんき》に改元される三日前の四月二十日、三万余の大軍を率いた信長は、朝倉義景討伐のため、京を発する。

この出陣以降、元亀元年（一五七〇）から元亀三年（一五七二）、三十七から三十九歳にかけ、信長は最大の危機に陥る。

この危機の中で、八郎は一命を失う。

越前（福井）への玄関口である北近江の浅井の領内を通り若狭（福井）に進軍した信長は、四月二十五日越前に侵入する。

その直後の二十八日、まさに木ノ芽山峠を越え、越前本国に侵攻しようとした時、浅井長政が朝倉に呼応して信長に離反したことが判明、信長は前後を朝倉と浅井に挟まれ袋の鼠となる。

二十八日夜、攻略していた天筒《てづつ》山北西の海に突出した敦賀湾を東から抱く岬にある金ヶ崎《かながさき》城（敦賀市）に木下秀吉を留めて退去を開始。世に言う〝金ヶ崎の引き口〟である。

浅井と関係が深い伊香《いか》郡菅浦《すがのうら》（長浜市西浅井）などの間道の途上に蜂起する郷村一揆の危難に遭いながら朽木越《くつきごえ》（高島市）にて、四月の晦日の亥《い》の下刻《げこく》（午後十一時頃）信長は従う者僅か十人程と言う這《ほ》う這《ほ》うの体《てい》で帰京。

この時、殿《しんがり》をつとめ武将としての力量を大きく評価されることになる秀吉の帷幄《いあく》には、元美濃斎藤龍興の臣竹中半兵衛重治《しげはる》二十七歳が、信長の心遣いで軍師として参じていた。

余談であるが、信長が越前に侵入した二十五日と越前を退却する二十八日、朝廷は信長の戦勝を祈願している。

朝廷による特定の大名に対する祈願は極めて異例で、正親町天皇・誠仁《さねひと》親王と信長の親密さが窺える出来事であるが、兎にも角にも信長は九死に一生を得た。

五月九日、帰国のため近江に下った信長は、京・甲賀への入口の甲賀口の石部城《いしべ》（湖南市）に拠った六角の挙兵と、鯰江城《なまずえ》（東近江市）を固めていた浅井の兵により、近江路を断念し永原から千種越に向かう。

二十日、千種山中の甲津畑《こうづばた》（東近江市）で義賢のまわし者、甲賀五十三家の一つ杉谷家《すぎたに》の善住坊《ぜんじゅうぼう》に十二・三間の距離から狙撃される。が、幸運にも弾丸は小袖脇を擦り、難を逃れた信長は、翌二十一日、岐阜に帰城した。

「己《おのれ》、長政奴。久政の勧説に屈したか」

長政の力量を高く評していた信長の落胆の深さは、そのまま朝倉と謀った久政と、妹を室としながら敵対した長政の両人への激しい憎悪の念の深さとなる。

「市は、何としても儂の手に戻す。小谷を丸裸にし、鉄砲の威圧と投降の勧誘を繰り返し、一気に勝負。市の救出はその直前じゃ」

先程から信長は、戦術を繰り返し勘考するが、肝心要《かなめ》の〝市の救出〟の具体的な手立てが思い付かない。暫く考え秀吉を呼ぶ。

「藤吉郎（秀吉）、堺の彦八郎（宗久）のとこへ行ってちょう」

信長は、堺の納屋宗久、薬屋宗久とも呼ばれる今井彦八郎宗久から〝鉄砲薬三十斤、煙硝《えんしょう》三十斤〟を買付けるよう、秀吉に命じた。


六月二十一日、軍を立て直した信長は、家康の援軍を得て北近江に侵入。小谷城下を焼き払い、姉川を挟んで小谷城の盾となる横山城（長浜市）を包囲し、長政を挑発した。

二十八日、卯《う》の刻（午前六時頃）浅井五千・朝倉八千の計一万三千と織田一万・徳川五千の計一万五千は、姉川を挟み戦端を開く。

激戦数刻、家康軍による側面攻撃で切り崩された朝倉軍が敗走すると、敢闘していた浅井軍も総崩れとなり小谷城へ敗走した。姉川の遭遇戦である。


「戦いには勝った。だが、こっちもようけ（沢山）死んだ。長政はやっぱり強い。久政を自害させた上で長政を降伏させ、市を引きとるか」

信長がそうした於市の救出を模索していた頃、阿波に敗走し、勝瑞《しょうずい》城（徳島板野郡藍住《あいずみ》）を本拠としていた三好三人衆等が摂津に上陸、今の大阪市福島区の野田・福島に堀と櫓を構築し、河浅き所に乱株逆茂木《らんぐいさかもぎ》を引き砦を普請し、またもや京を窺う事態が発生する。

先の本国寺合戦で苦い敗北を喫した三好衆は、西に大阪湾、他は淀川と接し阿波への海上交通が便利で、四方を沼地に囲まれた野田・福島に砦を構え、浅井朝倉・六角と連携をとり信長を誘《おび》き寄せようとしていた。

「守りに都合が良く勝機十分。秘策あり」

三好衆は自信満々であった。

八月二十日、岐阜を出陣した信長は、二十八日、四万の大軍で両砦を包囲攻撃する。

九月三日、戦いを正当化するため担ぎ出した義昭が着陣した。

三好三人衆を中心とする三千余は野田砦に、細川昭元・流浪中の斎藤龍興・長井隼人佐等五千余は福島砦に、各々籠もり、信長を待ち構える。

九月十二日、天王寺から天満ヶ森《てんまがもり》に本陣を移し、砦の北の目と鼻の先の海老江《えびえ》に進出した信長は、砦の堀際に築いた井楼《せいろう》から大鉄砲で日夜天地に響くばかりに激撃。

堪らず和睦を懇望する三好方に信長は絶叫した。

「干し、攻め、殺せ！」

終《つい》に三好方は風前の灯となる。ここまでは信長の筋書き通り。

が、ここで何と、五ヶ月前の浅井の離反と同じ想定外の事態がまたもや信長を襲う。

九月十二日の夜半、三好方の砦から東へ僅か四キロの位置にある本願寺の鐘が突然打ち鳴らされた。

その直後、本願寺の御堂《みどう》から西に十町の楼岸《ろうのきし》（渡辺）と近くの川口という信長方の砦に何と、本願寺方から鉄砲が撃ち込まれ、十四日には天満《てんま》森の信長の陣所が襲撃された。

本願寺が反信長の狼煙をあげたのである。

「筋書き通り。好機到来。決行せい」

喜色満面の三人衆は、反撃を開始する。

直ちに淀川の堤が切られた。

前日の未明から西風が吹き荒《すさ》み、高潮が逆流していたため、信長方の陣所は水没し、兵は井楼に避難する始末となる。戦局は攻守所を変えた。

これより十年に亘る本願寺との戦いが始まり、信長を再三、危機に晒《さら》すことになる。

（十七） 信長の危機 二

浄土真宗本願寺第十一代法主顕如光佐《ほっすけんにょこうさ》は、
「信長が恣《ほしいまま》に所行することは堪え難き次第」
との念深まり、既に三好三人衆・浅井久政長政父子・朝倉義景・六角義賢・武田信玄等と通じ、諸国の門徒に檄を飛ばしていた。

朝倉義景の娘は、顕如の子教如《きょうにょ》と婚約しており、顕如の室は摂関に次ぐ清華《せいが》の家格である転法輪《てんぽうりん》三条公頼《きみより》の三女で、信玄の室はその姉である。尚、公頼の長女は細川昭元の父晴元の室でもある。いずれにせよ顕如はその血縁を最大限利用しようとした。

本願寺の挙兵直後の九月十三日、顕如に呼応した浅井朝倉三万が出陣し、一万を超える一向宗徒の蜂起、六角の進出等と相俟って、本国の濃尾と信長を結ぶ唯一の要害、宇佐山城（大津市錦織《にしこおり》）は孤立する。

近江と山城の国を隔てる比叡山南塊の標高三百三十六メートルのこの山城は、西近江往還の要衝地にあり今春、森可成《よしなり》が信長の命で築城していた。

信長は南北から挟撃されたのである。

二十日、城将の森可成・信長の庶弟織田信治・背中に徽幟《きし》として信長が〝天下一の勇士なり〟と直筆した白旗を差した道家《どうけ》清十郎・助十郎等は、討って出て討死する。

が、城兵は良く守り、落城は免れる。

本願寺と信長の和睦をすすめた正親町天皇の勅命講和も不発となり、一刻の猶予もなくなった信長は、二十三日野田・福島の包囲を解き撤退に移る。

信長が帰洛し、宿所の本能寺に入った頃、既に子《ね》の刻（午前零時頃）を回っていた。

翌早朝、本能寺を出た信長は、坂本（大津市）に討ち入る。

電光石火の信長軍の攻撃に、比叡山の峰に逃げ上がった浅井朝倉軍は、山門（延暦寺）の僧を与力に付け、陣を張る。

宇佐山城とも連絡がとれた信長は、下坂本《しもさかもと》以南を支配し、比叡山山頂や東麓の上坂本《かみさかもと》を確保している浅井朝倉軍と対峙する。

〝志賀の陣〟の始まりである。

四万の大軍で下坂本一帯に陣を張るも、山門への攻撃が出来ず、信長は僧侶十人程を呼び寄

せ、

「味方すれば儂の分国にある山門領は、全て元のように還付する。出家の身故、一方に味方できぬと言うなら、せめて中立を守ってくれ」

と、条件を切り出す。

信長は、これ等に加えて
「このまま条件に違背して敵に味方するなら、延暦寺全てを焼き払う」

その旨を朱印状に認めると、稲葉良通《よしみち》に命じ送付する。が、山門はそれを無視し逆に浅井朝倉を贔屓《ひいき》する態度をとる。

山門は、反信長を鮮明にしたのである。

信長は浅井・朝倉に一戦を望み挑発するも、比叡山に立て籠ったままで戦線は膠着し始める。

九月二十五日、本陣を宇佐山城に置くと、下坂本・穴太《あのう》・唐崎《からさき》（以上大津市）・勝軍山《しょうぐんやま》・八瀬《やせ》・大原（以上京都左京区）に陣を張り、比叡山を包囲した信長であったが、本願寺・三好三人衆・近江、長島の一向一揆・六角義賢等の八方を睨まねばならなかった。

「今は持久戦に入り動けんが、一区切り付けたら一つずつ潰す。ここが堪え時、ほんだで、もうちょっと待っててちょうせ」

　信長は苛立つ胸中をお国言葉で抑えた。


　長島で一向宗徒と対峙していた八郎が、信長の命で兵三百を引き連れて志賀の陣に着陣したのは十月二日、徳川家康が一万五千を率い着陣した直後である。

　比叡山の麓に帯状に布陣する大軍勢に目を奪われつつ、佐和山城の本陣に駆けこんだ八郎が着陣の挨拶を終えるや否や
「八郎、長島はどうなんじゃ！」

　行き成り甲高い声が落ちた。

　信長の焦燥と疲労を見てとった八郎は
「ここ数日、新たに兵増強の動きあり。信興様と連絡密にし、警固を昼夜徹底！」

　即座に応じ平伏した。

「八郎、近う寄れ。於犬は如何じゃ。子は育ちおるや」

　打って変わった優しい声が八郎を包む。

「二人目を懐妊致し、出産は来月。与九郎は元気にしておりまする」

　少し笑みを浮かべた信長は、直ちに命じた。

「八郎は太郎左の唐崎《からさき》へ行きゃあ」

平伏し、躙《にじ》り下がろうとした八郎は、木下秀吉と丹羽長秀に気付き会釈した。秀吉は愛想良く笑い、八郎に軽く頭を下げた。

この六月の姉川の合戦後、攻略した横山城（長浜市）に入り小谷城と対峙した秀吉は、今度は近江一向一揆を制し、志賀に着陣していたのである。


八郎は、尾張小田井《おたい》城（清須市）の織田太郎左衛門信張《のぶはる》と初対面した。

「織田の一族の新参者故、何卒宜しく」

丁重に挨拶すると
「待っとった。長島は大変だなも」

信張は微笑みながら八郎の両手を強く握り締めた。

「尾張の匂いがする」

と、八郎は思った。

共に妻が織田一族である故か、二十の八郎と六つ上の太郎左は、忽ち心を通わせる。

信張の父は、信長の父信秀と並び尾張の守護代下で、奉行職にあった。太郎左の妻は、信秀の弟織田与二郎信康の娘である。

後、信張は和泉岸和田城主となり、本能寺変後、織田信雄に仕え、文禄三年(一五九四)六十八歳で大津にて没す。


八郎の着陣から一ヶ月半も過ぎた頃、戦慄すべき凶報が長島から齎《もたら》される。

十一月二十一日、伊勢長島の一向宗徒勢に対する信長方の押え、小木江砦を守っていた信長の弟、織田彦七郎信興が門徒の襲撃により落城し、信興は櫓に登り自害して果てたと言う。

顕如の檄に奮い起ち、後詰めのない織田軍の手薄な間隙を突いたのであろう。

「志賀に居らんかったら、儂の命も分からんとこやった」

八郎は身震いしながらも、二十代半端ながら穏やかな信興の顔を思い浮かべ涙ぐんだ。

が、気を取り直すと八郎は、残留させておいた五百余りの兵の安否と戦況を探るため、弥吉を長島へ放つ。


弥吉は、八郎の父為貞が大野城下の船方の娘に産ませた子で、娘は弥吉を出産後、産後の肥立ちが悪く亡くなる。

八郎の母永春尼が弥吉の存在を知るのは、その半年後である。

当時、今川方の勢力は参河から尾張の知多郡に及び始め、間もなく信長の父信秀が参河最大の拠点としていた安祥城《あんじょう》（安城市）を陥れると、知多は今川と織田の勢力の板挟みとなり戦乱に巻き込まれる。

この時、大野の佐治為貞は今川に通じ、緒川《おがわ》（知多郡東浦町）の水野信元は織田に通じ、知多は今川と織田の代理戦争の様相を呈していた。

そのような情勢下、為貞の軍船が水野水軍に囲まれ、鉄砲攻撃を受ける。その時一人の船方即ち弥吉の父が為貞を守るため、全身に敵の矢弾を受け壮烈な死を遂げる。桶狭間の決戦の十年前、天文十九年（一五五〇）のことである。

この船方の娘の子が、夫為貞の子であると知った永春尼は、八郎と略同じ頃、生を受けた天涯の孤児の弥吉を不憫に思い、拾い上げる。そして、その生い立ちを厳しく箝口《かんこう》すると、弥吉を一身を擲《なげう》って佐治家を守る男に育て上げる。

小兵ながらも強靭な体を持つ若者に成長した弥吉は、刀剣・弓・鑓のみならず鉄砲も鍛錬し、取り分け軍船の操舵の腕前は大野家の中でも抽《ぬき》んでていた。

二年前の十二月、八郎が岐阜城に出向き、その後大野に帰城した折、永春尼は全てを八郎に話した上、弥吉を八郎に引き合わせた。以来、弥吉は献身的に八郎に仕えているのである。

志賀から転じることが出来ない信長は、弟の彦七郎の自害の報に
「許せ、彦七。おのれ、長島の坊主奴！」

と歯軋りしていたが、やがて、

「これは一まず長島を片付けねばならん。待っとれ。近いうち、敵討《かたき》つ」

信長は直ちに和睦に乗り出す。

その圧倒的な軍勢を背景に巧妙な調略を駆使した信長は、十一月二十一日、六角義賢・義治父子、三好三人衆と相次ぎ和睦する。

やがて、師走の十二月、北国路に寒天と深雪《みゆき》が迫まった。これ以上の対陣は、特に朝倉方にとって領国への道は大雪で断たれる。和睦は、動きを見せ始めた。

関白二条晴良《はれよし》と将軍義昭によってすゝめられていた和睦は、延暦寺を承知させるか否かの一点に絞られる。

延暦寺の領が安堵され、正親町天皇の論旨《りんじ》が出された時点で、延暦寺は同意した。

十二月十三日、信長と朝倉義景の間で、人質を交換し和睦が成る。

十二月十四日、信長は陣所を焼き撤退し、三ヶ月に及ぶ〝志賀の陣〟は終結す。

十二月十七日、岐阜に向かう信長は、安堵の胸を撫で下ろしていた。三ヶ月に及ぶ持久戦の中、三好三人衆・本願寺・浅井と朝倉・六角・一向一揆等と同時に戦うという窮地を脱したからである。

逆に言えば、浅井朝倉は信長を殲滅する絶好の機会を〝金ヶ崎の退き口〟に続いて、〝志賀の陣〟と二度、失したと言える。

何故ならば、浅井朝倉が比叡山を駆け下り、六角、一向一揆が側面を衝き、背後から三好三人衆、本願寺の襲撃が同時に行われれば、信長軍は大苦戦したであろうと考えるからである。

話は少し遡る。信長が志賀の陣を撤収する半月程前十一月下旬のことである。

長島の偵察から戻った弥吉の報告を受けた八郎は、震える足取りで本陣に駆け込んだ。

「信興様が襲撃されるのを知り、大野衆は全船全軍をもって小木江に上陸するも、陸と海から数千の門徒に包囲され、略全滅し、船は焼かれるか捕獲された模様。

長島から、長島に放った者から判明。

力及ばず、誠に申し訳ござりません」

声を絞りあげ、平伏した頭上に、恚怒《いど》が落ちるのを八郎は覚悟した。

軍船の全滅は、佐治水軍の壊滅を意味したからである。

「戦況を逸早く掴んだ事は良し。間もなく全力で長島を討つ。急ぎ大野に戻って船を造りゃあ」

そして信長は小声で続けた。

「於犬に体を厭《いと》うよう、伝えてちょう」

「はっ！　有難き仕合わせに存じ奉ります」

八郎は涙を抑え平伏する。

「儂は於犬によって信長様から守られておる。於犬は慈悲深い仏様じゃ。於犬を大事にせにゃあいかん」

八郎は只管、於犬に感謝した。


かくして宇佐山城の本陣から唐崎の陣に戻った八郎は、信張に事情を説明すると夜半、兵を信張の麾下に移し、弥吉を含む数人の兵だけを連れ大野に向かったのである。

大野へ向かう八郎の心は、悲喜こもごもであった。

数多くの兵と船を失い悲嘆の涙に暮れつつ、その一方で生まれたばかりの熊之丞《くまのじょう》（後の中川秀休《ひでやす》）と於犬・与九郎に会える悦びがあったからである。

（十八）信長の危機 三 ――八郎死す

元亀二年（一五七一）辛未《かのとひつじ》、正月、

「比叡山延暦寺と長島の坊主を潰す」

信長は参賀の諸将にそう胸の内を伝えた。

二月十七日、丹羽長秀は、姉川合戦以来八ヶ月に亘り包囲攻めていた佐和山城の猛者浅井員昌《あざいかずまさ》を降伏させる。

佐和山城（彦根市）は、中山道と北国街道の分岐する湖東平野を一望できる要衝にある標高二百三十メートルの佐和山山上に築かれた山城で、横山城が占領された後、小谷城と遮断され孤立していた。

五月に入り、横山城の奪回を狙った浅井の攻撃を知略、遊撃で撃退し横山城を守り抜いた秀吉の活躍で、浅井勢を小谷城に押し込めた信長は、正月に決意した通り動き出す。

五月十二日、津島に本陣を置いた信長は、長篠攻めのため総勢五万の兵を三方に配置した。

その一ヶ月程前の四月の半ば、既に八郎は、新たに建造した小早船四十隻を率いて津島湊に着陣し兵糧の運搬、敵状探索等を信長から命じられていた。

「こりゃあ四方八方、中洲という中洲は門徒だらけ。が、今にみろ。大野衆の敵《あだ》を討ってやる。エイエイ、オー」

八郎が大音声で叫ぶと、総勢四百人程の兵は一勢に雄叫びをあげた。

一隻当り水夫《かこ》二十人、兵士《つわもの》十人の小早船四十隻、兵四百、これが大野佐治水軍の大将八郎が持てる全てである。


濃尾三川下流の河内《かわうち》の中で、願証寺は最大中洲の長島にある。

その願証寺は、加路戸《かろと》の中洲の砦・長島の出っ張り篠島《しのばせ》・五明《ごみょう》の中洲の砦・今島《いまじま》の渡し・揖斐川西岸の大鳥居《おおどりい》の砦等に取り巻かれ守られ、幟《のぼり》や莚旗《むしろばた》で埋めつくされている。

大鼓を叩き、貝を吹き、鬨《とき》の声を揚げ、高速で襲って来る宗徒の小船を相手に何度か戦ったが、屈強な漕手と手練れた鉄砲の使い手弥吉が傍に居り、八郎は不覚は取らない。

「唯、あの湧くが如く襲ってくる大勢の小舟には、逃げるが勝ち。精精《せいぜい》、一対二まで」

そう八郎は決めている。

「何としても於犬のため、わが子与九郎たちのためにも、今は生き抜かねばならん」

心中、誓っていたからである。

やがて、五月に入ると信長から矢継ぎ早やに命が下る。

「多芸山太田口《たきやまおおたくち》の状況を把握せよ」

続いて
「多芸山太田口に布陣する柴田勝家の任に当たり、然る後、柴田軍の一翼を担え」

と、指令が出る。


五月九日、仏暁前、太田口附近の探索のため、八郎を乗せた小早船は、密かに津島湊を出た。大将八郎の船を前後左右に囲んだ五隻の小早船は、ゆったりと静かに櫓を漕ぎ、佐屋川を南下し靄《もや》の深い仏暁、太田川の河口近くの葦汀《いてい》に着く。

弥吉を含む屈強な兵十名程を連れ上陸した八郎は、暫く辺りを探索していたが、

「あれが良い。川岸にも近く、陣所とするに適す」

と、小高い丘陵に駆け上がっていった。

その時、何か言いようのない薄気味悪さを肌で感じとった弥吉は、大声で叫んだ。

「殿、お戻り下され。お戻り下され。

殿、早く！」

八郎は丘陵地に立ち、弥吉の声で振り返り、にっこり笑った次の瞬間

「ぎゃ！」

と絶叫し、駆け寄った弥吉に向かって真っ直ぐ寄りかかるように倒れて来た。

八郎を確り受け留めた弥吉は、凍り付く。八郎の背は矢を受けている。

この丘陵地の背後の湿地には、背の低い木や蔓草《つるくさ》等に囲まれた数軒の小部落があった。その部落から湧くように熊手、竹槍、弓等をもって襲って来る数百の門徒を目にするや否や、弥吉は八郎を背負い、船に向かって必死に走る。

船上に居た兵が驚き、加勢のため、上陸しようとしていた。

「戻れ。船を出す用意をせい！」

走りながら弥吉は、大声で怒鳴った。

弥吉の背後では、山中小七・三大寺八衛門・中村清四郎・高岩五衛門・佐治左八郎・同弟弥七郎の他、佐治と同盟している寺本城（知多市）の花井一族の花井二兵衛・同予兵衛・同孫一郎等の兵《つわもの》は、大勢の門徒に取り巻かれつつも激しく切り結んでいる。

弥吉は八郎を収容するや、間、髪を入れず、岸から船を離れさせた。五隻の船上から有らん限りの弓・鉄砲で掩護するも、間もなく踏み止まった九人の姿は群集の中に消えた。

背の矢を抜かれ、手当てを受けた八郎は、息はあるものの意識は渾沌としている。

弥吉は、八郎の口に水を含ませると

「殿、大野に帰りますぞ。帰りますぞ！」

と、何度も何度も呼び掛けた。

その時、僅かに口元が動き、まるで深い眠りから目覚めたように瞠《みひら》くと、喘《あえ》ぎながら微かに声を発した。

慌てて弥吉はその口元に耳を近付けた。

「与九郎を頼む。犬に、楽しかった。幸せになってくれと伝えてくれ。……無念……」

弥吉は大声で必死に叫ぶ。

「殿。もうすぐ大野だぎゃあ。殿！」


八郎は、弥吉にうっすら笑みを浮べると静かに目を閉じ、すっと笑みを消す。

やがて、目の端に溢れ出た泪が一筋となり、八郎の頬を伝って流れた。

「弥吉は不覚を取りました。不覚を……」

弥吉は船中、号泣し続ける。

五隻の小早船は、二十二歳の亡骸《なきがら》を乗せ、弔い船となって津島湊に静かに滑り込んできた。

五月十六日、八郎の死から七日後、津島を本陣とする信長の本隊二万は津島口（津島市）、佐久間信盛・浅井信広の尾張衆一万は揖斐川西岸の大鳥居辺りの中筋口（桑名市）、柴田勝家の他、市橋長利《ながとし》・氏家直元（卜全《ぼくぜん》）・安藤定治《さだはる》・稲葉良通《よしみち》（一鉄）・塚本小大膳《こだいぜん》・不破《ふわ》光治《みつはる》の美濃衆二万は養老山系の多芸山《たきやま》（多度山《たどさん》）の麓、太田川河口の太田口（海津《かいづ》市南濃《なんのう》）、の総勢五万は各々、三手に分かれ戦闘の配置に着く。

一方、一向宗徒方は、長島杉江願証寺四代証意《しょうい》の下、本願寺から派遣されていた寺侍下間豊《しもつまぶ》前《ぜん》・同三位《さんみ》の二人を大将とする七万の宗徒を擁していた。

彼等の武器は弓・鉄砲が加わっているものの、主力は竹槍・鋤《すき》・鍬・熊手・鳶口《とびくち》で、装備武器は信長軍に比し明らかに劣っている。

しかし、幾筋もの河川や数多《あまた》の砂洲と言った天然の要害地を上手く利用し、巧みを凝らし、信長軍の攻撃を今か今かと待ち構えていたのである。

刻一刻と決戦が近づく内、太田口に布陣した許りの軍兵は、言い様がない薄気味悪さを肌で感じとっていた。

一翼を担う予定であった八郎が、この場所で宗徒に殺害された事も兵を不安にさせた要因かも知れない。

野戦・攻城戦に豊富な経験を持つ歴戦練磨の信長の精鋭は、敵の城砦《じょうさい》と兵の姿がなく、鬱蒼《うっそう》とした葦・低木等の茂みに囲まれた低湿地の中洲に幟《のぼり》や莚旗《むしろばた》が見えるだけの静寂した戦場に、不気味さと戸惑いを覚えていたのである。

信長は、全軍に総攻撃を命じた。

「今こそ、大軍をもって力攻め」

と言う、今までの戦法である。

「三方から同時に包囲する如く叩けば、例え水軍が十分でなくとも数刻で片付く」

と、考えていた。

中筋口から進撃した佐久間信盛の軍勢一万は、中江の砦等、陸続きの要害を一つずつ潰して行ったが、太田口から進撃した柴田勝家の軍勢は、全く様相を異にする。

柴田勢が、宗徒勢の巧みな作戦に嵌まり、待ち伏せ攻撃を受けたのである。

「何を小癪な。宗徒ごときが！」

勝家は先頭に立って突撃を敢行するも、川沿いとか中洲の窪地の繁みから、突然湧くように現われる宗徒の群れは、弓・鉄砲を交じえ、馬印・金の御幣《ごへい》をかかげる勝家軍を変幻自在に激しく攻める。大将勝家は負傷し、忽ち柴田勢は総崩れとなった。

初の段の柴田と二の段の安藤の軍勢が、香取《かとり》の氏家陣まで崩れ来たるが、氏家は殿《しんがり》をつとめ良く凌ぐ。

退却する織田勢は、〝欣求浄土《ごんぐじょうど》〟の筵旗《むしろばた》をかかげ「なんまいだ！なんまいだ！」と叫び、前後を遮るように雲霞の如く湧き起る宗徒勢に執拗に襲われ、晩に入ると、近隣から蜂起した新たな宗徒勢が加わり、氏家直元は太田村七屋敷《ななやしき》で討死し、安藤守就《もりなり》は負傷、次男守宗《もりむね》は討死し、太田口の一手は総崩れとなる。他の手でも秀吉下の蜂須賀《はちすか》正勝《まさかつ》の弟正元《まさもと》が討死している。

一向宗徒は、八方の大樋門《だいとうもん》を開いたり、輪中《わじゅう》の堤を切り崩したりして、海水を導き、信長勢の退路を断つ水攻めも巧みであった。

かくして、三千余の大将初め多数の戦死者を出し、長島攻めは惨敗した。

長島攻めの前に大将八郎を亡くし、太田口の退去に際して軍船の殆どを失った大野佐治水軍は、最早、壊滅したも同然になる。

戦国の世の習いとて、若い領主の突然の死は、一族一門に驚愕と悲歎を齎《もたら》すだけでなく、城が、大野はそうはならなかった。信長が健在で、信長の妹於犬の居城だからである。

を召し上げられ領土を失う。

八郎、戒名密岑道堅禪定門《みつぎんどうけんぜんじょうもん》の葬儀は、五月の末、大野城内にある曹洞宗萬松山齋年禅寺《さいねんぜんじ》——

佐治家の菩提寺で挙行される。

先程から永春尼は、あどけない孫の与九郎を不憫に思い、優しく見守っていたが
「何としても与九郎を守らにゃあいかん」

と改めて唇を噛み、意を固めていた。

夫と子に先立たれた永春尼にとって、生きる望みは与九郎の成長だけである。

先刻、八郎を守れなかったと弥吉が泣いて詫びた時、永春尼は弥吉の肩を抱き
「運命じゃ。次なる其方《そなた》の役目は、今度こそ与九郎を守り切ることじゃ」

慰喩《いゆ》し、叱咤激励したのである。

「それにしても、八郎が四歳の時夫を亡くし、与九郎が三歳の時八郎を亡くした。槿花《きんか》一日《いちじつ》の栄《えい》と言うが、余程自分は不遑の星の下に生まれたのであろうか」

永春尼はそう思うと哀しくなる。

「信長公は、すぐにこの寡婦を召し上げるであろう」

幼い与九郎の傍の於犬を見遣っていた永春尼には、諦めに近いものがあった。

次男熊之烝を出産したばかりで、少し窶《やつ》れてはいるが、その美貌は些かの衰えもない。

色白で妖艶さも秘め、それでいて、凛と座している於犬の姿に、参列者は目を奪われている。

「だから、与九郎はこの手で育てねば。暫く佐治は女が闘う。闘いならば、勝たねばならん」
永春尼はまた、気を引き締めると
「エイ！」
と、下腹に力を込めた。

与九郎はまた、恐る恐る掛け軸に目を遣る。気になって仕方ないのである。

掛け軸には、僧の絵が描かれていた。

一度も父から抱き上げられた記憶がない与九郎は、絵の僧に慈父を本能的に捜し求めていたのであろうか。

後年、父を想う度、与九郎は決まってこの僧の眼差しを思い起こす。

僧の絵は、雪舟七十七歳、明応五年（一四九六）制作の「慧可断臂之図《えかだんぴ》」で、八郎の父が齋年寺創建の際、青磁香炉と共に寺に寄進したものである。

中国南北朝期、小林寺で九年間、壁に向かって座禅修行中の達磨大師と、その大師に教えを請うため、自らの左臂《ひじ》を断ち切り決意を示し、入門を許された慧可の二人が描かれている。

雪舟の代表作と言われる。

やがて、焼香のため、立ち上がった於犬は、一歩前に出て永春尼に丁寧に御辞儀をすると、縋《すが》り付くような視線を浴び、ゆっくりと歩み始めた。

於犬の前を与九郎は、於犬から言われたのであろう、よちよちと精一杯胸を張り歩く。

大野佐治第四代与九郎のその幼くあどけない姿に、参列者は啜り泣いた。

（十九）　信長の危機　四 ――与九郎の登場

「長島は、船で島々（数多の中洲）を完全に包囲した上で攻めにゃああかん。地つづき戦法じゃあ、まあ、勝てん」

この戦いで信長は思い知る。

「兎に角、船が沢山要《い》る。佐治に代わる強い水軍が要る」

信長は既に、元伊勢国司北畠に従していた志摩国の海城《うみじろ》、鳥羽《とば》城（鳥羽市）の九鬼嘉隆《くきよしたか》に期待し、安宅《あたけ》船の建造を命じていた。

水夫八十人、兵士六十人を乗せる大型船の安宅船は、言わば戦艦である。

信長は、この安宅船を主力に長島を攻略する戦法に切り換え様としていた。

「いずれにしても本願寺、一向どもには中途半端な戦いはせん方がええ」

直後、京、近江が不穏な情勢となる。

近江では六角義賢・義治父子が一向宗徒と組み、三度《みたび》信長に敵対、京の乱入を企てた。大和では筒井順慶を支持した将軍義昭と不仲になった松永久秀が信長から離反した。

が、信長はこれ等に一定の対応をしつつ、正月に決意した狙いを実行に移す。


九月十一日、信長は三万の軍勢で三井寺《みいでら》（大津市）に布陣、三井寺光浄院に入る。

三井寺は天台宗寺門派の総本山で、長等山園城寺《おんじょうじ》の通称で、寺内に天智・天武・持統の三天皇の誕生水となった御井《みい》（三井）がある。

今の京都市と滋賀県の境の比叡山にある天台宗総本山の延暦寺を山門または山《やま》と言うのに対し、三井寺は寺門または寺《てら》と呼ぶ。

寺門と山門は、底流に平安期以来の抗争と確執がある。

信長はこの寺門に入り、信長の臣にして元三井寺の僧、玉林坊《ぎょくりんぼう》こと山岡景猶《かげなお》から、朝食を振る舞われる。

信長が三井寺に入った時
「信長は西進し本願寺、三好衆攻めに向かうであろう」

と、京の公家達は考えていた。

ところが信長は、彼等の想定外の行動に出る。

九月十二日、小雨が時折降る早朝、信長は西へではなく、北へ軍勢を動かす。

延暦寺の大勢の僧が移住し、数多くの堂舎がある坂本に入った信長軍は、忽ち町屋・堂舎を焼き払うと、東の郊外にある八王寺山や延暦寺の守護神である日吉《ひえ》神社まで焼き尽くした。

八王寺山を中心に数千の僧侶、俗人、老若男女が斬られたと言う。


〝僧衆の大部分は坂本に下りて乱行不法限りない。修学は廃怠《はいたい》し、一山は、あい果てる〟と前年三月、比叡山を訪れた奈良の興福寺の僧英俊《えいしゅん》が非難していると同じ思いを、信長も当然もっていた。

信長は、やや近視眼的ではあったが、現実的に弾劾処置をして吼えた。

「儂が浅井朝倉と戦った時、山門は浅井朝倉に連合した。従って儂は、敵対する連合勢を殲滅しただけである」


信長は寺社領全て没収すると、南近江に配置している明智光秀・佐久間信盛・中川重政・柴田勝家・丹羽長秀に分配する。

特に比叡山攻撃に先兵となり、積極的に活躍した明智光秀には寺社領だけでなく、志賀一郡を与え坂本を居城にする様命じた。

「坂本に城をつくれ。琵琶湖を押え、北と京を睨む、威厳ある城じゃ」

将軍義昭と信長の臣と言う二面性をもっていた光秀は、討死した森可成の宇佐山城に置かれた以降、急速に義昭から離れ、信長に臣従していた。

翌年、光秀は坂本城を完成させる。

〝威容は天守付きの豪壮華麗なもので、信長の安土城に次ぐ程の、天下に有名なものである（「日本史」）〟と、フロイスは記す。

この坂本城（大津市下坂本城畔《しろくろ》）は、西に比叡山を背に、東は琵琶湖に面し、古代から白鳥道（京一乗寺から穴太《あのう》）と山中道（今道越。京北白川から滋賀里）が西近江路と合流する、近江と山城の両国を結ぶ物流の要衝の地にあり、琵琶湖に突出した水城《みずじろ》である。

とまれ、この山門焼き討に対して
〝仏法の破滅である〟〝天下のため大変で、筆舌に尽くし難し〟と公家から、〝仏敵信長〟と仏教徒から、非難囂々《ごうごう》となった。そして延暦寺再興が越前一乗谷で図られようとしたり、更に甲州身延山《みのぶさん》を叡山にするとして、武田信玄が叡山復興を旗印にしたりした。
いずれにしても、山門壊滅と光秀坂本城築城が、この時期行われたのは不思議な巡り合わせである。

十二月十四日、信長は遠交近攻で通じている上杉謙信から贈られた鷹を使い、尾張で数日放鷹を楽しむ。その楽しみの最中の十七日、京では京兆家の惣領の細川六郎昭元が、七百の臣を従え将軍義昭に出頭していた。

六郎は翌年三月、信長に謁見降伏することになる。

（二十）　信長の危機　五――大包囲網

元亀三年（一五七二）壬申《みずのえさる》。年末年始を岐阜で過ごした信長は、正月、三子（信忠・信雄・信孝）を元服させ、近江横山城将の秀吉に浅井攻めの戦術を指示すると、暫く考えを巡らせていた。八方から敵対勢力が蜂起するのを確実に感じていたからである。

「長島での敗北は、儂に敵対する者達に恰好な餌付けをした。早晩、あちこちで狼煙《のろし》があがるに違いない。山門焼討ちも、火に油を注ごう」

が、信長はにんまりし嘯《うそぶ》く。

「敵対する者を一つ一つ潰せば良い。そうすれば、儂を包囲しようにも輪にならん。鎌首を擡《もた》げてくる奴を潰すだけ。土竜《もぐら》叩きもまた、楽しいがや。さてと、必死に輪をつくり陰でこそこそ動き回る奴がおる。義昭じゃ」

信長は、そろそろ義昭を含め態度不鮮明な輩を炙《あぶ》り出そうと考えていた。

義昭の反信長の陰謀は、甲斐の信玄・浅井朝倉・本願寺・六角・かつての仇敵である松永久秀と、三好家総領の三好義継にまで及ぶ、〝信長大包囲網〟の形成であった。

このような動きを悟らせない様、義昭は上辺は信長に協調する態度をとり、この三月には大納言徳大寺公維《きみふさ》の邸地に、信長の京屋敷を造成してやろうとしているし、四月に三好義継と松永久秀が信長に反旗を翻した時も、交野城《かたの》(交野市)を救援する信長軍に応援して、幕府軍を派遣していた。

このような義昭の動きを既に読み切っていた信長は、

「このまま、公方を泳がせておこう」

と決めている。

一方、二年前の九月に敵対した本願寺の顕如も、恰《あたか》も義昭に歩調を合わせるかのように、名物を信長に進上し和睦の意を示した。第一回目の和睦である。

この名物は、南宋末から元代の画僧玉澗《ぎょくかん》筆〝万里江山《ばんりこうざん》〟と白天目《しろてんもく》中、白眉と言われた〝白天目茶碗〟で、名物の中の名物、大名物と言われたものである。

このように、義昭と顕如は信長に融合する姿勢を示しながら、実は只管《ひたすら》、武田信玄の上洛を待っている。それはまた、反信長勢力の共通した願いでもあった。

顕如は、信玄に宛てた元亀三年正月十四日の書状で

〝信長が攻めてきそうだから、それを牽制するため、信長の背後を脅して欲しい〟

と、太刀を贈り頼んでいる。

義昭も同年、五月十三日の御内書で

〝急度《きゅうと》、行《てだて》に及び、天下静謐の馳走油断あるべからずの事専一に候〟

と、信玄が忠節を誓ってきたのを褒めた上で、信長を打倒し信玄が天下を静謐するように求めている。

松永久秀の臣で大和の岡城（北葛城郡）の岡国高《くにたか》は、久秀と信玄の媒介役をしている。

前年元亀二年五月十七日、国高宛ての信玄の書状には

〝抑《そもそ》も公方様は、信長に御遺恨重畳《ちょうじょう》故、御討伐のため、御色《みしき》を立てらるの由に候条、この時無二の忠功に励まるべきの事、肝要〟

と、信玄から久秀との協力体制への尽力を頼まれている。
更に、国高は今年三月二十日、四月八日の二度に亘り、義昭の側近からの書状で
〝信玄を頼って信長を除こうとしている将軍への忠節を〟
と繰り返し促されていた。
このように反信長勢力は、信玄頼みである。

三月五日、岐阜を出陣した信長は、小谷城と斜向かいの支城の山本山城（長浜市湖北町山本）の間に野陣し、近江・越前国境の浅井領の最奥部にある余呉《よご》・木之本（坂本市）辺りに兵を出し、放火し、浅井朝倉を誘い出す。が、浅井朝倉は動かず、信長は作戦を中断。

この時顕如は一向宗徒を動員し、朝倉の出撃時に加勢する準備をしており、

〝越州の手が遅いと、一味あるべきはずの国侍《くにざむらい》も思案を変えてしまう〟

と気を揉み、近江の十ヵ寺の惣衆《そうしゅう》に宛てて報告している。


作戦をあきらめた信長は、七百計《ばか》りの馬廻り衆を引き連れ、三月十二日未《ひつじ》の刻（午後二時頃）敵だらけの京に入り、妙覚寺に陣取る。

信長は、主力軍を江北に滞陣させたまま、二ヶ月余り京に留まる。

信長に疚《やま》しいところがある義昭や顕如が、先に述べたような表向きの好意を示すのは、この時である。


「六郎。福島以来じゃのう」

信長は、若者を見据えると声を掛けた。三好三人衆の一人、岩成友通を連れた若者は信長に降伏し、拝謁するため平伏していた。

細川六郎昭元である。

「向前《きょうぜん》は意に叛《そむ》き、不徳のいたす所。向後《きょうご》は精励をお誓い申し上げまする」

六郎は額にうっすら汗を浮かべると、実直げに深々と頭を下げる。

一瞬で六郎の誠壱《せいいつ》さを見抜いた信長は、胸を撫で降ろす。

六郎の父は管領細川晴元《はるもと》、母は管領六角定頼《さだより》の娘であり、あの信長に敵対している六角義賢は六郎の伯父である。

「かつての家臣、三好と松永が対立する中、六郎は管領家の嫡流として、三好に利用されていただけ」

信長は初めからそう認識していた。

「誰かに似ておる。そうか、八郎だ」

これも不思議な縁だと思った。

「剥げ落ちた名ばかりの管領家の惣領だが、京では名文《めいぶん》とか格式、家柄を重んじる。まんだ、六郎は利用できる」

於犬をこの六郎に再嫁させようとしたのは、この時である。

五月二日、朝倉義景が三好義継に送った密使を、一条戻り橋で火炙りにし、松永・三好方の砦に圧力をかけ敗走させると、信長は一端岐阜に戻る。

七月三日、義昭の幕府奉公衆であった山城の勝竜寺城《しょうりゅうじ》（長岡京市）の細川藤孝に対し、〝商人にまぎれ摂津へ往還する者を改め、美濃国の一向宗徒が摂津へ往来することを停めよ〟要は、本願寺の間者を摘発せよ、と命じる。

藤孝は義昭と信長との対立の中、義昭と離反し、この時既に信長に服従していた。

七月十九日、信長は五万余の軍勢を率いて江北に出陣する。浅井攻めの再開であり、嫡男信忠十六歳の初陣でもある。

小谷城を取り巻く浅井の領土を焼き払った信長は、西沿岸の海津浦《かいづうら》（高島市）・塩津浦《しおつうら》（長浜市）を初め、余呉の入海《いりうみ》・竹生島《ちくぶ》（長浜市早崎）への攻撃を堅田《かただ》衆に命じると、小谷城の南方僅か二キロにある虎御前山《とらごぜ》に付城《つけじろ》（取出《とりで》。砦）と虎御前山と横山間の防禦線の構築を命じる。

七月二十八日、浅井救援のため朝倉義景は一万五千の軍勢を率い、小谷城の後方の大獄《おおつく》と呼ばれる高山に布陣するも、五万の信長軍を前に決戦を避け、信長方の前線構築工事を傍観するだけであった。

九月十六日、横山から虎御前山の間の要害工事が完成し、秀吉に虎御前山城番を命じた。

「これで一先《ま》ず（小谷城を）封じ込めた」

事を確認した信長は、京に向かって目を遣り、にたりと笑うと踵《きびす》を返し岐阜に向かった。

（二十一）　信長の危機　六——信玄西上

「公方は今頃、儂が突き付けた意見の事書《ことがき》を叩き付けておるだろうて。これで儂に牙爪研《がそうと》ぐ奴がはっきりする。望む所だぎゃあ」

〝内裏を尊崇せず、先代義輝もあのような最後を遂げた〟から諭し始めて、〝諸国に秘かに御内書を発し、馬、その外を所望しておるのは如何なものか〟等と具体的に諸例を挙げ、

〝土民・百姓にいたるまでも、悪しき御所と申しなし候〟と結ぶ〝異見十七ヵ条〟を送り付け、信長は義昭を弾劾したのである。

当然、義昭は激怒し地団駄踏む。

これを知り〝信長、只人《ただ》非ず〟と再認した信玄は、満を持し大軍を進発させる。

十月三日、甲斐古府中《こふちゅう》を発した信玄は、信濃に入り伊那路《いなじ》を経て、遠江《とおとうみ》に軍を進め、別働隊の山県昌景《やまがたまさしげ》は信濃飯田から奥三河国衆の制圧へ、秋山信友《のぶとも》は東美濃の岩村城（恵那市）攻撃へ向かう。

遠江に入った信玄は、山県隊と合流。

十二月十九日、天竜川とその支流二俣川に囲まれた要害、二俣城《ふたまた》（浜松市）を二ヶ月かかり攻略すると南下し、家康の居城で三方ヶ原《みかたがはら》台地の東南端の浜松城に向かう。

浜松城には佐久間信盛・平手汎秀《ひろひで》・水野信元等、信長の部将が三千余を率い入城している。

二十二日、浜松城を出陣した徳川・織田の連合軍一万一千は、広大な荒原三方ヶ原で、武田軍二万と激突した。

世に言う三方原の合戦である。一千余の戦死者を出し、家康は這這《ほうほう》の体《てい》で浜松城に逃げ込み、平手汎秀は討死した。

三方ヶ原台地の西麓の刑部《おさかべ》（浜松市）で年を越した信玄は、年明け、三河に侵攻してきた。

元亀四年（一五七三）癸酉《みずのととり》。正月十一日。

奥三河に進んだ信玄は、豊川右岸の丘城《おかじろ》、野田城（新城市）を包囲する。

野田城の菅沼定盈《さだみつ》と援将松平忠正の三百余の兵は、三万余の武田軍の攻撃に一ヶ月晒《さら》される。

しかし、この時、信玄は精神も肉体も病んでいた。

〝浅井朝倉が信長を近江に結果的にせよ引き付けている間に、孤立化した家康の領土を抜け東上し、反信長勢力と連携しつつ形勢をみて、信長との決戦に持ち込む〟

上洛は目的ではなく、その結果であると信玄は考えていたのである。

信玄は二年前の元亀二年十一月に、伊勢の海賊衆を募り、伊勢からも海路信長を夾撃する意図を示すと共に、今回の進発に際し、浅井に進発を伝え、

〝畢竟この時候、当敵討ち留めらるべく、御調略肝要に候〟即ち、いよいよ戦いも終盤故、この時こそ信長を謀り、近江に引き留めるよう、朝倉義景に要請していたのである。

ところがである。三方ヶ原の合戦前の十二月三日になって、朝倉義景は突如として江北から

撤退してしまう。

戦略の柱が崩れ衝撃を受けた信玄は

〝かく成る上は公方様に、凶徒信長・家康誅戮《ちゅうりく》の御下知《ごけち》を賜り度《た》い〟

要は信長打倒を即刻、はっきり意志表明せよと義昭に迫ったのである。

しかし、これ等の精神的な疲労は、信玄が抱えていた病を再発悪化させる。

二月十日頃、野田城を攻略した直後、信玄は篤病《とくびょう》となり、四月十二日、信濃駒場《こまんば》（下伊那郡阿智村《あち》）で陣没。享年五十三。

死因は消化器癌が疑われると言われる。

末期の癌を抱え甲府を出陣した信玄が、渾身の力を振り絞り、義昭に反信長の旗幟を鮮明にさせることこそ、信長に対する信玄の最後の戦いであった。

元亀四年（一五七三）二月十五日頃、義昭は反信長の狼煙を西近江に挙げる。

三方ヶ原の大勝・野田城包囲のみを知って、信玄の篤病や撤退を知らない義昭は、信長討伐の好機と判断したのである。

信玄の撤退の報を逸速く家康から受けるも撤退原因が分からない信長は、西近江の平定後、義昭に和を求めた。が、拒絶される。

三月二十九日入洛し、浄土宗総本山の知恩院に陣をとる。

四月四日、信長は二条の館を包囲し、矢銭《やせん》催促に応じないなど予《かね》てから反抗的な上京《かみきょう》の町を、禁裏や相国寺等一部を除き、焼き尽くす。が、義昭は尚も拒否する。

四月七日、関白二条晴良を含む公家三人を勅使とする朝廷の斡旋で、一時的にせよ和睦が成ると、信長は颯と岐阜に向かう。


七月三日、義昭は幕府奉公衆の三淵藤英《みつぶちふじひで》をして二条の館を守らせると、山城槇嶋城《まきしま》(宇治市)に拠り、兵三千七百で挙兵する。

宇治橋から下流(北方)約八百メートルの宇治川と巨掠池《おぐら》に流れ込む支流に挟まれた中洲にある槇嶋は、古来、京防衛の要衝で、数々の合戦の舞台となっている。

六日、信長は大工棟梁岡部又右衛門以言《もちとき》に建造させ竣工した許りの長さ三十間(五十四メートル)横七間(十二・六メートル)の大型船で佐和山から坂本まで乗りつけると、翌七日入洛し、法華宗の二条妙覚寺に陣をとる。

直ちに二条の館を降し、館の破却を命じた信長は、十八日、水城槇嶋城を攻略した。

義昭を助命し子の義尋《よしひろ》を人質とした信長は、秀吉を警固に付け、義昭を三好義継の居城の河内若江《わかえ》城（東大阪市）に追放する。

かくして槇嶋は、足利尊氏以来二百三十七年続いた室町幕府終焉の地となった。

尚、義昭に応じ淀城《よどじょう》（京都市）に入った岩成友通は、細川藤孝に攻められ落城討死した。

（二十二）　信長危機を脱す――於市と於犬

七月二十八日、元亀を不吉な年号と考えていた信長の奏請で天正と改元。

八月四日、岐阜に帰陣した信長は、小谷城の支城山本山城の阿閉貞征《あつじさだゆき》の降参を知ると、十日、小谷城を囲み朝倉軍を兵五万で待ち構える。

信長は、浅井の救援が果せず朝倉が撤退するその一瞬を狙おうとしていた。

十三日、朝倉の前線基地、大獄砦《おおつく》と麓の丁野山砦《とおのやま》が攻略されると、江北の余呉・木之本辺りに着陣していた朝倉の本隊兵五千は、動揺し撤退を開始する。

直ちに追撃に移った信長は、疋壇《ひきだ》・敦賀両城（敦賀市）への道、刀禰坂《とねざか》辺りで朝倉軍に追い付き、多くの朝倉一族、武将を討った。

戦死者に稲葉城落城以来、彷徨《さまよ》い反信長勢力に付いていた斎藤龍興も含まれていた。

十八日、木之芽峠を越え一挙に府中龍門寺《ふちゅうりゅうもん》（越前市）に着陣した信長は、一乗谷《いちじょうだに》（福井市）に放火させ、朝倉義景が逃げ込んだ大野郡山田荘の平泉《へいせん》寺に向かう。

二十日、義景第一位の重臣朝倉景鏡《かげあきら》と平泉寺衆徒の裏切りで、義景は大野郡山田荘賢松《けんしょう》寺で自害。享年四十一。嫡男も捕殺される。

朝倉の祖広景《ひろかげ》が南北期、今の兵庫県養父《やぶ》市から斯波《しば》に従い、越前に入国し九頭竜川と日野川の合流地・黒丸城（坂井市）を本拠とし六代、斯波の後、孝景《たかかげ》が越前守護となり本拠を一乗谷に移してから五代、計十一代二百三十年で名門朝倉は、滅亡する。

〝七転八倒四十年中他無自無四大本空《しちてんばっとうしじゅうねんちゅうたもなくじもなくしだいほんくう》〟。風雅を愛し節操を重んじた義景辞世の偈《げ》である。


二十七日、小谷城総攻撃を命ず。

九月一日、妻於市と三人の娘を信長の陣へ逃《のが》した長政は、赤堀美作守《あかほりみまさかのかみ》の屋敷で自害する。

享年二十九。三代五十年で浅井は、滅亡する。

〝信長卿北方《きたかた》（於市）を取り返し斜《なな》めならずよろこび、織田上野守《こうずけのかみ》（信包《のぶかね》）に良きに労《いた》わるべしとて預け置かる。（「浅井三代記」）〟

信長が、従軍している唯一人の同腹の実弟の信包に四人を託したことは、殊の外、於市を愛しく思っていたに他ならない。

元亀年中、苦しんだ大包囲の一角を崩した信長であったが、満足感は殆どない。

「天下は、まんだ道半ば。その前に坊主との戦いがまっとる」

凝った肩を二つ叩くと、信長は怒りを伴う猛烈な高揚に魘われ、

「この天正の初めには殲滅し、根絶やしにしてくれる！」

本願寺とそれに繋がる伊勢（長島）・越前・加賀の一向宗徒の勢力との本格的対決に小気味良い武者震いを覚え吼えた。

九月六日、岐阜に凱旋帰城の途上
「於市を守った。儂の心もこれで少しは潤った気いする。それにしても、長政奴。意固地になりおうて。が、惜しい奴じゃった」

信長は小谷城攻撃中、長政に降伏を密かに勧告していた。

「義景を討ち果し、久松（長政の父）が自害した今、長政に遺恨はない。降伏せよ」

これを長政は、きっぱり断った。

当然のことながら信長の怒りは倍加し、長政が敦賀に落した嫡男の万福丸を見つけ出すと、

直ちに秀吉に命じ関ヶ原で磔刑に処した。

浅井との戦いで終始目覚ましい活躍をした秀吉に、江北浅井旧領の一職《いっしき》支配を任せ、小谷城十八万石を与えただけでなく、信長は〝丹羽長秀・柴田勝家の姓を各々一字とり、羽柴の姓と受領名《ずりょうめい》として筑前守《ちくぜんのかみ》を与え、羽柴筑前守秀吉と名乗らせた。

信包に預けられた於市と三人の娘、於茶々《おちゃちゃ》・於初《おはつ》・於江《おごう》の四人は、信長が岐阜に帰城した頃、上野城から移った許り《ばか》の信包の居城安濃津城で新生活を始める。

丁度その頃、安濃津城から伊勢湾を挟んで直線上、凡そ二十海里（三十七キロ）先の大野城の館から、於犬と与九郎は茜色《あかねいろ》に染まって行く伊勢の海を飽かず見入っていた。間もなく海原に日没前の名残りの光が吸い込まれようとした時、於犬は与九郎の左手を強く握り締めた。

その茜の残照が、於犬には〝信長の残照〟に思えたからである。

驚いた与九郎は母を見上げる。於犬の瞠《みひら》いた瞳から大粒の涙が零れ落ちる。

「兄にもし、万一あらば、自分もこの世に無いと思っている」

於犬は、そう覚悟をしていた。

今、夫を亡くした嬋娟《せんけん》たる二人の美女姉妹は、奇しくも伊勢湾を挟んで、残りの人生も兄信長により運命付けられようとしていた。

この時、於犬を不安げに見詰めている五歳の与九郎も又、伊勢湾を挟んで相対している於市の二歳の於江も、やがて時代に翻弄されるのである。

（二十三）　一向一揆討伐――於犬再嫁す

天正元年（一五七三）九月二十四日、岐阜を出陣した信長は、長島の西対岸攻めを展開するも大きな戦果なく、十月二十六日帰城する。

十一月から十二月。信長は宿老佐久間信盛に命じ河内若江城の三好義継を攻めて自害させるが、その一方で大和多聞城（奈良市）の松永久秀は、降参させ助命している。

久秀が数多く名物を所有している故なのであろうか。否、そうではない。

「今度は助けてやる。朽木返しだ。次は許さん」

〝金ヶ崎の退き口〟の折、久秀は先駆けをし、幕府奉公衆で朽木谷を領していた朽木《くつき》元綱《もとつな》に話をつけ信長を朽木越で無事入洛させた返しだと信長は言うのである。結果的に久秀はこの朽木越で信長を弑す絶好の機会を逃して自滅し、一方基綱はこれを機に信長の直臣となり、後、秀吉に仕え、子孫は徳川大名よなり栄え、明暗を分けることになる。

既に若江城を出ていた義昭についてである。

堺から紀伊由良《ゆら》の興国寺へ、更に備後の鞆浦《とものうら》では毛利輝元《てるもと》、果ては薩摩の島津まで頼って従三位大納言征夷大将軍のまま、信長打倒・幕府再興の執念を燃やし、秀吉の天下となった天正十五年（一五八七）ひょっこり大坂に出て来て、秀吉から一万石の扶持を貰い一生を終える。

更にその義昭が係わった毛利と信長について触れておきたい。

信長と毛利の直接交渉は、義昭が追放されて堺に滞在した天正元年七月頃から始まる。

義昭から幕府再興の強い願望を受けた輝元は、西国への下向を希望する義昭を荷厄介と考え、義昭の処遇について、信長との交渉に安芸国（広島）安国寺の住持恵瓊《えけい》をあたらせる。

安国寺恵瓊は十一月入洛し、義昭の処遇について信長側の羽柴秀吉と朝山日乗と協議する。日乗は、出雲（島根）の尼子から毛利のもとに逃れ、僧になり上洛後、勤皇家として禁裏・義昭・信長の間を奔走し、その後は信長の臣として、使僧として活躍する。

扨、恵瓊は交渉状況を十二月十二日付の書状で国許の吉川元治《きっかわもとはる》の側近に伝えている。

〝信長之代、五年三年は持つ。明年辺りは公家に成る〟に続いて〝左《さ》候て後、高ころびにあをのけにころばれ候ずると見え申候〟と述べ、最後に〝藤吉郎さりとてはの者にて候〟とある。

何と恵瓊は、このように書状の中で、その曲芸的な危うさが非業の最後を呼ぶ、と予言し、秀吉には、なかなかな人物だと器量を見抜いていた。

この恵瓊は日乗と同じく、言葉巧みな乱世が生んだ政僧にして戦争調停人である。が、これ程までに絶頂にある信長を一刀両断に言い表し、予言した、その炯眼《けいがん》は驚きである。

しかし考えてみると、脱俗的要素を持って占いを身に付け、易《えき》を使い、呪《まじな》いを得意とする有能な僧、恵瓊であったとしても、予言するための情報源が必要である。

その情報源は恐らく、秀吉・日乗のいずれかか、その二人からかと考えると、信長の先行きは既に暗澹たる空模様を呈していたことになる。

いずれにしても、この恵瓊の予言は、於犬が伊勢の海の昧谷《まいこく》に沈み行く茜の残照を見ていた時、兄信長に対して懐いた、あの漠然とした不安な念を不吉にも言い表していた。


天正二年（一五七四）甲戌《きのえいぬ》。正月。

信長は岐阜城で諸将から参賀を受けた後、馬廻り衆のみを招き、折敷《おりしき》の上に置かれた朝倉義景、浅井久政・長政父子の首の薄濃《はくだみ》（漆で固めて金泥などで彩色したもの）を指し示し、

「皆の者、良き働きじゃった。この苦毒《くどく》の種《たね》は、今じゃ優しいお飾りよ。これを肴にして。さあ。祝えや。飲めや。謡え。無礼講じゃ。思う存分気を晴らせ！」

と言い放ちながら、三左を捜していた。

〝うつけ〟と言われていた頃から、常に自分の手の届くところに居た森可成《よしなり》の姿を捜していた自分に
「三左（三左衛門可成）は、宇佐山で亡くなったか」

と寂しく呟くと信長は、「めでたい。めでたい！」と陽気に騒ぐ集団をそっと離れた。


「於蘭！　鍋へ参る」

と命じた信長は、摺り足で急ぎ於鍋の方へ向かう森蘭丸を認めると、長い廊下をゆっくりと、思案げに歩き始めた。本願寺の法主顕如光佐と一向一揆のことを考えていたのである。

「本願寺とその一派は、まるで百足《むかで》の如く仰山《ぎょうさん》の足をもった蛸の様で無気味じゃ」

蛸は本願寺、頭は顕如、足は宗徒と言う。

〝身命をかえりみず忠節を抽《ぬき》んでらるべし〟

この顕如の檄で武装蜂起する一向宗徒は、百足の如き蛸の足に思えたのである。

「根気良く、一本一本、足を殲滅し、最後蛸の頭を叩きのめす。全てはこれから」

信長は立ち止まり、少し溜め息をつき

「まずは、長島と越前の宗徒からじゃ。ながい戦いとなろう」

と自分に言い聞かせ奮い起たした。

事実信長が危惧した通り、本願寺とその宗徒との戦いは、顕如が敵対を表沙汰にした元亀元年（一五七〇）九月十二日から、顕如の子教如が天正八年（一五八〇）八月二日本願寺を退去するまでの十年間の長きに及ぶ。

その背景の一つに、信長が鉄砲生産地として堺と近江国友村を支配したように、顕如光佐も鉄砲と兵の有力補給地として紀伊雑賀を味方に付け、鉄砲合戦が長期に亘って展開されたことが考えられる。

「於鍋様お待ちでございます」

いつの間にか蘭丸が控えていた。

森可成の忘れ形見で、三男で十歳の森蘭丸（成利《なりとし》。乱）は、可隆《よしたか》・長可《ながよし》・坊丸《ぼうまる》・力丸《りきまる》の五人兄弟で、この時は駆け出しの小姓である。

尚、可隆は越前攻め、長可は小牧長久手の戦い、他は本能寺の変で討死する。

蘭丸から信長御成りの報を受けた於鍋は、二歳〝酌〟と待ち侘びていた。

尚、幼名〝酌〟（後の信吉）は、鍋には酌子《しゃくし》が添うとして信長が名付けた。

於鍋は六年前、夫の小倉右京亮が信長に通じたとして六角義賢によって自害させられた後、信長の下を訪れ、見染められ側室になっていた。

「おう。おう。可愛いいのう」

信長はそっと〝酌〟を抱き上げ、軽く頬擦りをして乳母に手渡した。

「舞のまわしをせい」

於鍋に命じた信長は、瞬時、黙想する。

「そうか。あれ以来か」

かつて、側室吉乃《きつの》の生駒屋敷で謡い舞った日々が信長の心に走馬灯のように甦った。

「上様。調いました」

於鍋は既に小鼓を構え、壱調《いっちょう》で囃《はや》す用意をしている。

側室になった時から於鍋は、信長が欲するところを良く理解しようと努力してきた。

〝幸若舞、敦盛を謡い舞う時、信長は心、安らかになる〟

と逸早く掴んだ時も、於鍋は素の平手で囃す小鼓を習得すべく研鑽していた。

〝思へばこの世は常の住処にあらず。……月に先立って有為《うい》の雲に隠れり〟

ここで満足気に於鍋を見遣った信長は、少し息を整え、
〝人間《じんかん》五十年化天《けてん》の中《うち》を比ぶれば夢幻《ゆめまぼろし》の如くなり一度生《ひとたびしょう》を受け滅せぬ者のあるべきか〟
と続けた。突然、於鍋は悲哀を感じた。以心伝心、信長は優しく低く物悲し気に
〝これを菩提《ぼだい》の種と思ひ定めざらんは口惜しかりき次第ぞ〟
と結んだ。涙目になった於鍋を見詰め、信長は笑みを浮かべ、納得したように頷く。
「吉乃が鍋に乗り移り鍋が吉乃に重なった」
喜色した信長は、そう心の中で叫ぶ。
半刻後、信長は長く厳しい戦いから逃れるかのように、荒々しく於鍋を抱いた。

天正二年の正月から六月にかけ、信長に異変の報が続々と入る。

加賀一向宗徒が越前に乱入し、越前を隣国加賀同様〝一揆持ちの国〟にした。

信玄の子勝頼が美濃・遠江に侵攻する。

本願寺が雑賀衆や、曾て信長に敵対し散り散りになっていた将士を集め、信長に反抗する機会を窺っている。

といった報である。

信長は、これ等に対しては警戒し個別に対処するが、攻撃目標を長島攻め一本に絞っていた。

今まで多大な犠牲を払ってきた信長は、斬新な戦法を編み出していた。

「船で周りを隙間無く雁字搦《がんじがらめ》めに取り巻き、大鉄砲と弓矢で殲滅する」

これを各将に徹底した信長は、

「七月十三日出陣する。かねて命じた通り配置に付け。今度で決着付ける」

と命じる。

信長は、主として伊勢湾沿岸にある津々浦々の湊から、数千隻の船を集めていた。

年明け早々、信長の命を受けた大野佐治も六歳の与九郎のもと、逸早く既存の軍船を集めつつ新船の建造に全力を挙げ、最盛時に遥かに及ばないが既に出撃の準備を完了していた。

この掻き集められた数千隻は、北伊勢の将滝川一益・桑名城将伊藤実信《さねのぶ》・知多常滑《とこなべ》城将水野守孝《もりたか》が率いる数百艘の安宅船《あたけふね》の船団に組み入れられ、伊勢衆の総大将、信長の次男信雄の麾下に入る。

信雄は、安宅船十艘を以て従軍した志摩水軍七人衆の大将九鬼嘉隆を与力にする。

七月十三日、尾張津島に着陣した信長は、五明《ごみょう》（弥富市）の中洲に移陣すると、十五日、長島大包囲の完了を確認するや否や、総攻撃を命じる。

一揆の要塞は長島城から亥子《いね》（北北西）半里に篠橋《しのばせ》、乾《いぬい》（北西）一里半に大鳥居《おおどり》、午《うま》（南）半里に屋長島《やながしま》と中江《なかえ》、巽《たつみ》（南東）半里に大島（以上桑名市）、寅卯《とらう》（東北東）半里に加路戸《かろと》島（桑名郡木曽岬《きそさき》）等が構築されていた。

が、これ等は全て、海・川・陸から昇旗を幾旒も翻した織田軍に完全に囲繞《いにょう》された。

東の市江口（弥富市）は、信長の長男信忠を大将とする池田恒興《つねおき》の他、信包・秀成・長利（以上信長の弟）・信成（信長の従兄弟）等の二万。

西の香取口（桑名市多度）は、佐久間信盛・柴田勝家・稲葉一鉄・蜂屋頼隆《はちやよりたか》等の三万。

中央の早尾口（愛西市）口は、丹羽長秀・木下小一郎《こいちろう》（秀吉の弟、秀長）・氏家直昌（卜全の嫡男）・安藤守就《もりなり》・不破光治・前田利家・河尻秀隆等の三万。

海上の桑名口は、信雄を大将とする水軍八千。

総勢八万八千の軍勢が、四方から長島に襲いかかる。

この戦いに参戦した安宅船は水夫八十人、兵六十人を乗せ、三門の大鉄砲と三十丁の鉄砲を備えた箱造りの船首を持った伊勢船形式の大型船である。先頭に立ったこの安宅船が一勢に火を吹いたのである。

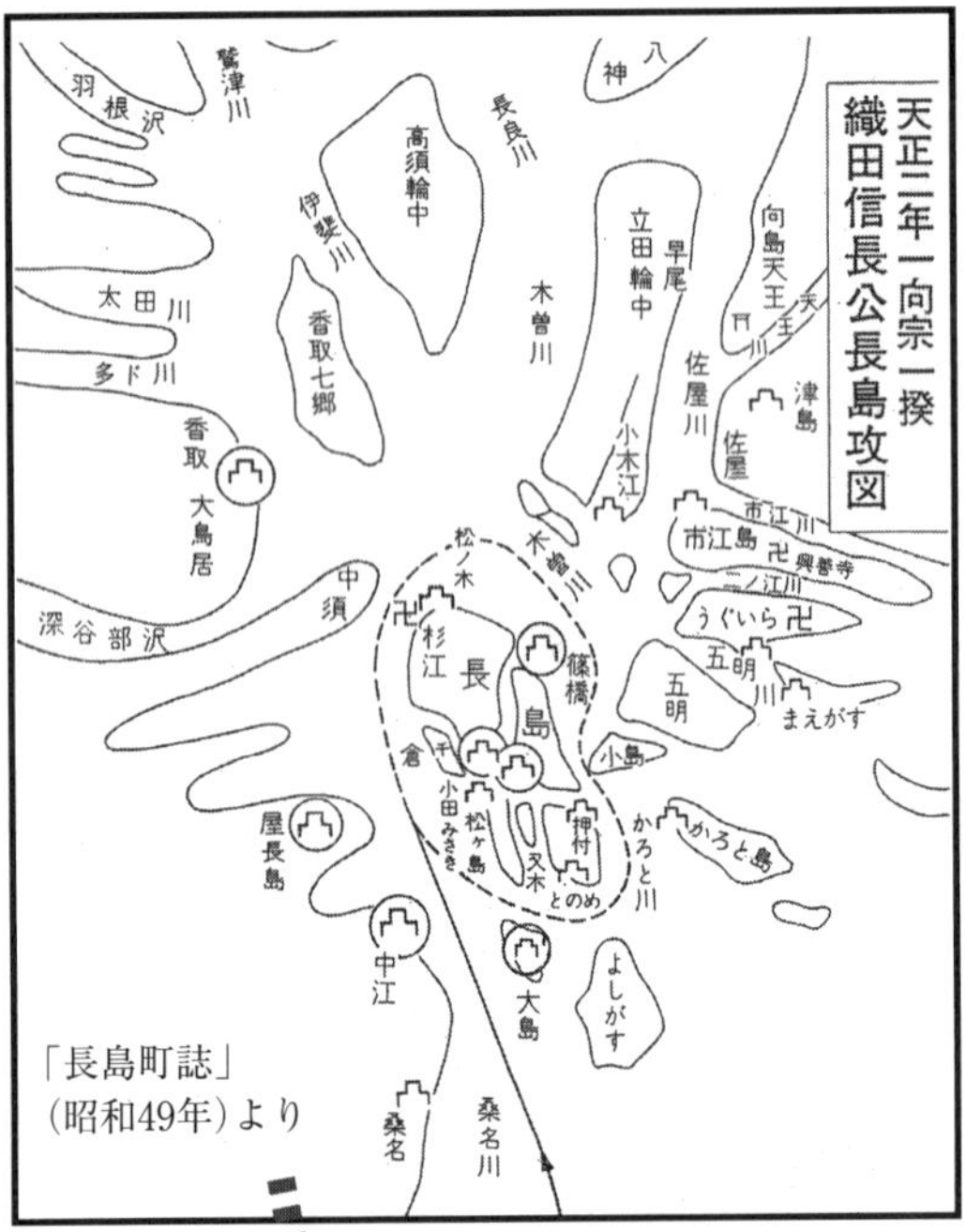

「長島町誌」
（昭和49年）より

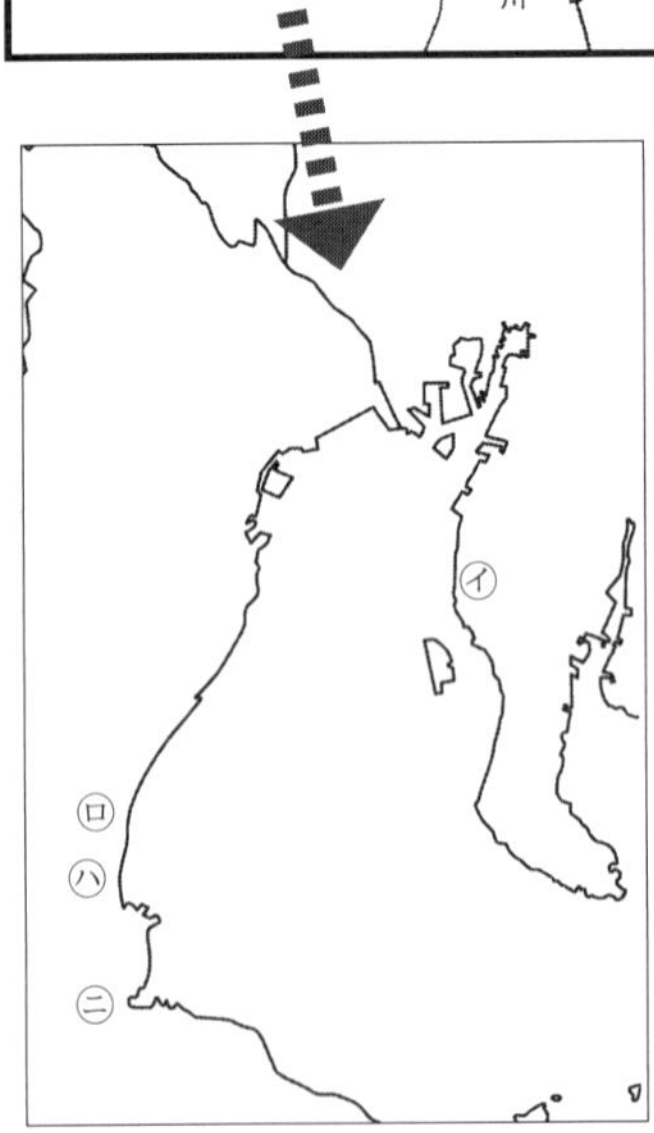

㋑大野城
㋺上野城
㋩安濃津城
㋥松ヶ島城

忽ち各砦は壊滅。敗走する宗徒は屋長島・中江・長島城に逃げ込むが、籠城三ヶ月の九月二十九日、願証寺五世顕忍《けんにん》は和睦を申し出て長島城を開城する。

しかし、城外に出てきた宗徒に対し、信長は鉄砲の一斉射撃を加えると共に幾重にも柵で取り巻いた屋長島・中江砦に四方から火を放った。

信長は屋長島・中江で二万人を殲滅するが、長島城から躍り出た七、八百人位の抜刀した裸の一揆衆が、油断していた信忠本隊へ死に物狂いになって討ちかかった。

戦いの詰めで信長の弟秀成《ひでなり》・従兄弟の信成《のぶなり》・信成の弟信昌《のぶまさ》・叔父の信次《のぶつぐ》と信実《のぶざね》・庶兄の信広《のぶひろ》・義理の従兄弟信張《のぶはる》の子信直《のぶなお》等、織田の連枝衆の多くが討死する。

長島城を拠点とする伊勢五郡を滝川一益に与えた信長は、五明の陣を撤収し、津島経由岐阜に向かう。

河原から空高く舞い上がった雲雀《ひばり》の囀《さえず》りを耳にした途端、信長は多くの一族を亡くした後味の悪さから気持を切り換えていた。

「雲雀の声も快いもんじゃのう、蘭。蘭もそろそろ戦場《いくさば》に出るか」

驚き喜色した蘭丸は、直ちに下馬し
「ありがたき幸せ」と地面に伏す。

鑓襖《やりぶすま》の如く船襖《ふなぶすま》の戦法で奏功した信長は、

「九鬼水軍は天下一統の有力な武器」

と確信した。

この時、安宅船を遙かに凌ぐ超怒級の戦艦の建造が信長の頭を過ぎる。

四年後、本願寺を支援する毛利水軍六百艘を木津川口で撃破する大鉄船を登場させる。

いずれにしてもこの段階で、大野佐治水軍は信長の考える水軍構想から外れた。

六歳の与九郎を戴く大野佐治の衰退は、避けようもなかったのである。


越前一揆に対処していたため、長島攻めに代将として弟の長秀を参戦させた秀吉は、越前の前進の基地として、小谷城より立地条件の良い今浜に築城を目論む。

翌年の初春、信長から一字拝領し、今浜改め長浜城（長浜市）が完成する。水城《みずしろ》である。


天正三年（一五七五）乙亥《きのとい》。四月半ば。

道幅を三間半にし、左右に松と柳を植えるなど整備した大津から京に至る新道を経て入洛した信長は、本願寺方の勢力を削ぐため、凡そ十万の大軍にて高島城等南方の摂津・河内の諸城を悉く破却し、本願寺に軍事力を示威した。この戦いで三好一族第一の実力者で反信長を貫いてきた三好康長《やすなが》（笑岩《しょうがん》）が信長に降った。以後、康長は信長、秀吉の臣下として活躍することになる。

四月二十八日、京を発した信長は岐阜に帰城した直後、家康から勝頼の三河侵入に対する援軍要請を受け、休む暇もなく、岐阜を出陣する。

五月二十一日、長篠城《ながしの》（新城市鳳来《しんしろほうらい》）西方連子川《れんごがわ》を挟み、織田・徳川連合軍三万八千と武田軍一万五千が激突。馬防柵、土塁、切岸《きりぎし》、乾堀《かわきぼり》を築き、大量の鉄砲を駆使した信長方が設楽原《したらがはら》（新城市）で圧勝。世に言う長篠の合戦である。

二十五日、信長は岐阜に凱旋する。

八月十二日、越前一向宗徒討伐に出撃し、八月十四日、敦賀に着陣。

信長の旗本・馬廻衆一万を含めた総勢四万余の織田勢は若狭（福井）・但馬《たじま》（兵庫）の水軍数百艘を加え、十五日、木ノ芽《きのめ》峠や浜手等の諸口から怒涛の如く越前に侵攻し、十六日、府中（越前市武生《たけふ》）に入り三万余の越前一揆衆を殺戮し越前を制した。

九月二日、越前《えちぜん》仕置を決める。

柴田勝家には北庄《きたのしょう》（福井県）を拠点とする越前八郡四十九万石を与えて越後上杉と対峙さ

せ、その勝家の目付として前田利家・佐々成正・不破光治を府中に置いた。

「これで蛸の足二本（長島と越前）潰したわ。いよいよ蛸の頭じゃ。それにしても今まで雲の鱗《うろこ》の一つ一つが一揆勢に見えた。今じゃ、儂の軍勢に見える。可笑しいもんよ」

天空覆う鰯雲《いわしぐも》の無数の鱗を見上げつつ、信長は府中から岐阜に向かっていた。


九月二十六日、岐阜に帰城した信長は、羽柴秀吉を呼び付けた。

越前から加賀へ侵攻し、加賀南部の加賀一揆を平定した働きを激賞した後、

「大野に出向き、於犬をつれてこりゃあ。六郎（細川昭元改め信良《のぶよし》）に嫁がせる」

秀吉は、成る程と言うような顔をした。

「それは良きご縁談。畏まりましてござりまする」

瞬時、秀吉は考えを巡らす。

「大野殿（於犬）は評判の美人じゃ。まんだ二十六、七の筈。六郎は家柄だけで貰う。本に果報者じゃ。大野殿に気に入られれば、於市様とその女子《おなご》の受けも良くなる。

儂は、次の次を狙うか。それも励みよ」

そんな秀吉の心を知るや知らずや、信長は続ける。

「六郎は了承。於犬には、既に伝えておる」

越前の平定が終った九月、六郎が陣見舞のため越前在陣中の信長を訪れた折、

「於犬を其処許《そこもと》にと考えておる。如何か。於犬は六郎より三つ下じゃ」

との信長の申し出に対し
「誠にありがたき幸せに存じまする」

実直気な面持ちで六郎は、一切承知していたのである。


「与九郎は七歳。与九郎元服せば、於市の娘が良かろう」

信長の呟きを耳にした時、

「長島の戦いで多くの一門衆を亡くされ、上様は信忠公を支えるため、与九郎を早よう御一門に加えたいのでごじゃろ」

秀吉は信長の心中をそう読みながら、腹の中では
「於市様も、まんだ二十八、九。早よう出世して、儂が頂きたいものじゃ」

そのために、どう手を尽したら良いか考えていたのである。

狙いを定めた目標に邁進する秀吉の執念には凄味がある。熟考を繰り返し、その裏打ちに自信を持った上で行動を起こすからである。

従って忍耐を要す兵糧攻めや、また、力攻めにも臨機応変に決める。

秀吉はこの戦法を美女獲得にも使い、於市・於犬が没した十二年後の天正十五年、於市の長女於茶々を側室にする。

話は二ヶ月前の七月に遡る。

七月三日、武田軍を大破し凱旋上洛した信長は、家臣に官と賜姓《しせい》の勅許《ちょくきょ》を申し出る。

秀吉には改めて筑前（福岡）守、明智光秀は日向《ひゅうが》（宮崎）守、滝川一益には伊予（愛媛）守、村井貞勝には長門《ながと》（山口）守、塙直政《ばんなおまさ》は備中《びっちゅう》（岡山）守などの受領名が与えられる。

信長は未支配国の名をあげ、天下一統の意を諸大名、朝廷に示したのである。

七月十五日、京を発し、稲葉良通（一鉄）の曽根城（大垣市）に立ち寄り、七月十七日、岐阜に帰城した信長は、直ぐ於犬に書翰を認めた。

「八郎は誠に残念であった。於犬の幸せを思案した。京の細川六郎信良《のぶよし》のとこへ嫁ぐ事。十月初め、大野へ迎えの者を遣る。それまで、ゆるりと仕度するが良い。与九郎は元服後、連枝衆に取り立てる」

七月の末、於犬は七歳の与九郎と安濃津に向かう伊勢湾の洋上にあった。

「与九郎に航海させ櫓を操る鍛錬を」

それは永春尼の意向であるが、於犬にとって与九郎との別れの旅でもある。

於犬・与九郎・弥吉と水夫《かこ》を乗せた百石を超えるゆったりとした小型船は、抜けるような青空と風のない波静かな海原の中を辷《すべ》るが如く進んでいた。

「大将！　大将！」

手解きをする度、弥吉は呼びかけ、与九郎は弥吉に言われた通り、歯を喰いしばり櫓を漕いでいる。

於犬はその様子を、うっとり見とれているだけである。

「このままが良い。我が児とずっと、このまま暮らしたい。見知らぬ土地、見知らぬ人のもとに行きとうない。この旅が与九郎との今生の別れのような予感がし、寂しい」

急がないよう、於犬は弥吉に頼んでいた。

於犬等の小型船の両側を二艘の小早船が警固している。小早船には与九郎の伯父で於犬の兄の安濃津城主信包への土産の知多塩《ちたしお》・焼物等が積載されていた。

夫八郎信方が亡くなってから、於犬は二児を育てながら城内の館から、伊勢湾洋上遙か乾（北西）方角に浮かぶ伊勢の山々を朝な夕なに見遣り、それが日課になっていた。

早朝、京で活躍する旭日昇天の勢いの兄信長を思い、夕刻、沈む夕陽に染められた海と空の荘厳な残照に夫を偲ぼうとしていたのである。

ところが、夫が亡くなってから二年後の天正元年（一五七三）姉の於市が三児を連れ、安濃津に入ったと知ってから、於犬の気持が変わる。伊勢を見遣る度、無性に姉に会いたくなってきたのである。

於犬から文を受け取った於市からの返事は

「喜んでお待ち申し上げます。

呉々も渡海にお気をつけ下さい。

三人の娘も楽しみにしております」

である。文には、共に愛する夫を亡くした者同士の憐察《れんさつ》の情が溢れていた。

その直後、兄信長から再婚の通知を受けたのである。

於犬は、信長の書翰を喰い入るように何度も繰り返して読む。一刻後、ふらふらと立ち上がった於犬は、乳母に二児を預けると館を出て真直ぐ永春尼の庵に向かった。

岐阜から書翰が着いた事を耳にするや否や、事態を察した永春尼は、既に覚悟し於犬を待っていたのである。

「二人の児は、この手で必ず育て上げる」

永春尼に残っているのは気力だけである。

気を落ち着かせ、憐憫の情を抑えつつ、於犬を迎えた。庵には香が焚かれていた。


早朝、大野を出船した於犬一行は、海上二十海里（三十七・五キロ）をゆっくりと凡そ六時間かけて安濃津の湊に入った。

湊には、伊勢大湊《おおみなと》初め知多・志摩の諸湊からやって来た多数の小廻船《こまわりぶね》が停泊し、米・竹・木・大豆・薪《たきぎ》・麦等の物資の積み卸し、活況を呈している。

上陸する際、与九郎は於犬の手をとった。この時の母於犬の手の感触を与九郎は、終生忘れなかった。


半刻後、安濃津の館で再会した於犬と於市は手を取り合い、

「良くも、良くも、息災で」

お互い声をかけ合うのが精一杯で、後は涙が溢れ、言葉にならなかった。

与九郎七歳、於茶々八歳、於初六歳、於江四歳の四人は、三十三歳の信包の傍らに座し、二十九歳の於市は、二十七歳の於犬と手と手を取り合った。

この一族は、今の信長の威光から一見、華やかに映るであろう。しかし、その光芒《こうぼう》も七年後、本能寺の変で幕を閉じると考えれば、正にこの集合は、波乱万丈悲喜交交《ひきこもごも》の人生を互いに歩む始まりとなったのである。

夢のように楽しく過ごした日々は、八月の初め、信長から越前一向一揆討伐出陣命令が信包に下った事により、終わる。

「与九郎を宜しくお願い申し上げまする」

於犬は、出陣前の信包に深々と頭を下げ

「これで一つ役目を終えた」

と、自身に言い聞かせる。すると、今まで靄《もや》っていた莫然とした不安の念は、いつの間にか於犬の心から薄れていった。

「於市に会えて、少し気が晴れた。

さあ、これからだ」

少し気合を入れた於犬は、与九郎の手を引き、弥吉の待つ安濃津の湊へ下って行った。

十月の初め、羽柴秀吉が先導する軍兵に守られ岐阜城に入った於犬を犒《ねぎら》った信長は、十月十日岐阜を発し、竣工させた瀬田大橋を見学後、十三日入洛し、妙覚寺に寄宿した。

十月二十一日、三好康長は信長の命で本願寺との和睦を成立させる。二度目の和睦である。顕如は信長に小玉澗《こぎょくかん》・枯木《こぼく》・花の絵の三軸の名物を献上している。

「全く一時的なものだが、これでよかろう」

信長はそう思った。

十一月の初め、従三位・権大納言《ごんだいなごん》兼右近衛大将《うこんえのたいしょう》の叙任を受けた信長は、流浪中の足利義昭の従三位権大納言兼征夷大将軍《せいいたいしょうぐん》と同格となり、公卿となる。

数日後、右近衛大将の妹として於犬は、京兆家嫡流の細川六郎信良の許に再嫁する。

信長は、京の下京《しもきょう》の毎月の地子銭《じしせん》百二十四貫文余の他、丹波の桐野・河内村の内の知行を於犬に与え、物心の両面で於犬を大切に遇した。

十一月十四日、武田勝頼の美濃侵略が開始されていたため信長は亥の刻（夜十時頃）京を発し、翌十五日岐阜に帰城した。

（二十四）　本願寺開城

天正四年（一五七六）丙子《ひのえね》。正月の半ば。

京に近い安土を拠点にして天下を統べる立場を確保するため、近江安土城（近江八幡市安土町下豊浦《しもとようら》）の築城と、二条の京屋敷（関白二条晴良《はれよし》邸跡地。後、二条御新造と呼ばれる）の造営を命じ、四月二十九日入京し妙覚寺に宿した信長は、五月七日、再び反旗を翻した本願寺を十カ所の城を築き封鎖、兵糧攻めの持久戦に持ち込む。

が、昨年十月屈辱的な講和をした顕如は、中国の毛利輝元・越後の上杉謙信・紀伊の雑賀鉄砲衆等と敷いた反信長包囲網に、十分勝算ありと踏んでいた。

紀伊の由良興国寺（日高郡由良）で、二年余り過ごした義昭は、この二月初め、備後鞆《びんごとも》（広島）に移り、輝元に信長打倒を要請し、輝元の了承を得ると共に、使僧《しそう》の三宝義堯《さんぼうぎきょう》を以って上杉謙信に書状を送り、謙信から来年（天正五年）の秋には上洛するとの意を受けていた。

義昭と通じていた顕如は、これを知って俄然、籠城作戦に自信を持ったのである。

七月十三日、木津《きづ》川河口に於て、兵糧入れを阻止しようとした三百艘の織田水軍が、七、八百艘の毛利水軍に撃破され、兵糧は本願寺に運び込まれる。第一次木津川河口の海戦である。

天正五年（一五七七）丁丑《ひのとうし》。二月八日。

本願寺を支える鉄砲衆の紀伊雑賀《さいが》と根来《ねごろ》の討伐のため、入京した信長は、二十二日、泉州志《し》立《だち》（泉南《せんなん》市信達《しんだち》）で、全軍六万余を山手と浜手に分ける。

山手は直前通じてきた雑賀五搦《ごからみ》の内の三搦《みからみ》の衆と真言宗新義派の総本山根来寺（岩出市）の杉ノ坊の案内で、羽柴秀吉・荒木村重《むらしげ》等が進軍。信包等一門衆は浜手からであった。

三月一日、雑賀の鈴木孫一《まごいち》の居城、弥勒寺山《みろくじさん》城（和歌山市）を包囲攻撃すると、十五日、雑賀の孫一（重秀）はじめ七人の指導者は、誓紙を出し降伏する。

九月の末、信長は北陸戦線において柴田勝家を大将とする織田軍が手取《てどり》川の合戦で七尾城（七尾市）を攻略した上杉謙信に大敗したことと、松永久秀・久通《ひさみつ》父子の二度目の離反を知る。

久秀は本願寺を包囲する天王寺砦の城番として詰めていたが謙信上洛近しを知るや本願寺と通じ、大和信貴山《しぎさん》城（生駒郡平群《へぐり》）に籠ったのである。そして信忠を大将とする織田軍の総攻撃により、信長の所望した名物平蜘蛛《ひらぐも》の釜もろとも火薬で爆死するのは、奇しくも十年前久秀が三好三人衆と闘って大仏殿に放火したのと同じ十月十日だった。享年六十七。

十月二十三日、中国毛利遠征の手始めとして羽柴秀吉を播磨《はりま》（兵庫）へ出陣させる。十一月十四日、未明上京し、九月末竣工していた京屋敷二条御新造に入った信長は、十六日従二位に叙され、二十日右大臣に任官する。十二月三日、安土城に帰城。

天正六年（一五七八）戊寅《つちのえとら》。正月。

四十五歳の信長は、諸大名の祝賀を受け、茶会を開くなど穏やかな正月を迎え、六日、正二位に叙せられる。ところがである。

三月二十三日、二条御新造に入った信長は〝二十五日、朦気《ぼうけ》（気鬱か）を病み〟、その直後の四月九日、

〝征伐の功、未だ終わらざるの条、まず一官を辞さんと欲す……然《しか》れば顕職を以って織田信忠に譲与せしむべきの由、宜しく奏達に預かり候也〟

即ち信長は、右大臣・右近衛大将の両官を辞任し、嫡男信忠の官位昇進を求めたと、吉田神社神主の公卿吉田兼見《かねみ》は日記「兼見卿記」に記す。官位に対する信長の考えが窺える。

四月下旬、〝謙信春日山《かすがやま》城（上越市）にて死す〟の報が届く。

甲斐武田勝頼と反信長で深く手を握った謙信は、雪解けを待ち、三月十五日を出陣とする命

を下すも、直前の九日、突然脳溢血のため倒れ、十三日没したという。

五年前の信玄のようなこの突然の死に対し、

「早よう、天下をとれと言う神の御告げであろう」

ほっとして嘯《うそぶ》いた信長であったが
「不敗の勝者、毘沙門天《びしゃもんてん》を信奉し、挑んでくる謙信は、心底手強いと思っとった」

と合掌し、気を引き締める。

下戸の信長と正反対に、謙信は馬上でも杯を手放さない位の酒豪で、次の辞世を残す。

〝四十九年一睡夢《いっすいのゆめ》　一期栄華《いちごえいが》一盃酒《いっぱいのさけ》〟

〝一生の儚《はかな》さ〟を詠じた上戸《じょうご》の謙信と、〝下天《げてん》は　夢幻《ゆめまぼろし》の如く〟と舞った下戸《げこ》の信長には、共に四十九で散る戦国武将同士に共通した死生観が垣間見える。

北方の憂いが薄れた信長は、秀吉を中国方面軍の指揮官に任じ、本願寺を支援している毛利との戦線拡大に転じる。

既に前年の十月、播磨（兵庫）に出陣した秀吉は、姫路城将黒田官兵衛孝高《よしたか》三十二歳を先導役とし、西播磨を制し但馬（兵庫）に侵攻、竹田（朝来市《あさご》）・上月城《こうづき》・福原城（作用郡《さよう》）を相次ぎ陥れる。

十一月六日、信長は大湊《おおみなと》（伊勢市）で九鬼嘉隆に命じ建造させた、長さ十八間（三十二・四メートル）、幅六間（十・八メートル）の大鉄砲三門他を装備した鉄張りの甲鉄船六艘でもって、毛利水軍六百艘を撃破し大坂湾の制海権握り、本願寺への補給路を断った。世に言う第二次木津川河口の海戦である。


天正七年（一五七九）己卯《つちのとう》、正月。

諸将は、有岡城包囲戦に在陣中のため、参賀は九鬼嘉隆だけで安土城は静寂であった。

五月十一日、吉日をえらび竣工した外観五層内部七階の安土城の天守に移った信長は、考えが荒木村重に及ぶと
「弥助奴《め》（村重）顕如と通じやがって！」

と、吐き捨てた。

昨年十月二十一日、摂津全域を任せていた村重が背くと信長は、その居城の有岡《ありおか》城（伊丹市）の攻撃を嫡男信忠に任せ、今年の二月からこの五月に天守に移るまで、連日のように放鷹《ほうよう》を楽しみ、気分一新を図っていた。

今、信長は不愉快な村重を避け、努めて、成長した信忠に気を注ごうとしている。

「雑賀の陣で出番は終わった。後は信忠じゃ」

三年前、東美濃に侵攻して来た武田勝頼の軍勢に対し、総大将信忠は岩村城（恵那市）を陥れ武田勢を敗走させた。

この目覚ましい活躍に信長は、信忠への家督の譲与を表明し、以来信貴山城・大坂・播磨・有岡城等の攻めに信忠を総大将として出陣させてきた。

「（二年前には信忠は）信貴山城攻略の功により、従三位・左近衛権中将に叙任され公卿にも列しておる。禍と福は交互にやって来るもの。ここは一休みか」

そう考えた信長であったが、天守に移った途端、忽ち好奇心の火が点く。

五月二十七日、浄土宗と法華宗（日蓮宗）の僧を安土城下の浄土宗の浄厳院《じょうごんいん》に集め、計略的に宗論させた信長は、法華宗を屈服させ庇護下に置き、他宗を法難しないと誓約させた。宗教の政治活動を制するためだったのであろう。

七月二十五日、諸国から馬と鷹を献上させていた信長は奥州から垂涎《すいぜん》の的、〝しろの御鷹〟が贈られると、この鷹を大層気に入り頻繁に放鷹を行い鋭気を養い、更に安土城内では相撲興行も催し気鬱を霽《は》らしていた。

こうした信長の日々を一時にせよ止めさせたのは、築山《つきやま》殿事件と松平信康の切腹である。

家康の嫡男信康の室で、夫と姑築山殿と不仲であった娘五徳からの情報で、〝信康とその母築山殿が武田に内通している〟と知った信長は、家康に始末を命じる。

八月二十九日、築山殿は遠江で殺害され、九月十五日、信康は二俣城で切腹した。

十月二十四日、苦節四年余り粉骨砕身した明智光秀より丹波・丹後の平定報告を受け、十一月五日、入京した信長は大改築した京屋敷二条御新造を正親町天皇の皇太子誠仁親王に進献し、宿所を西隣の妙覚寺に移す。

親王が移った二条御新造は以後、二条御所とも、天皇の御所に対し、下御所とも呼ばれる。

十一月十九日、有岡城は降伏。この時、一年前、村重を説得するため有岡城に乗り込むも入牢させられていた秀吉の軍師黒田孝高が救出されている。

尚、嫡男村次が守る尼崎城に一人脱出していた村重は、一族郎党を犠牲にし、その後毛利へ逃れ、天正十四年五月四日、茶人として堺で没す。享年五十二。

天正八年（一五八〇）庚辰《かのえたつ》、正月。

一月十七日、二年近く抗戦していた三木城（三木市）を〝三木の干殺《ひころし》〟と言われる兵糧攻めで陥れ、別所長治《ながはる》を切腹させた羽柴秀吉は、略、播磨を平定する。尚、前年の六月十三日、三木城攻めの陣中で軍師竹中半兵衛が病死している。享年三十六。

二月二十六日、信長は本能寺に新たな宿所の造営を京都所司代村井貞勝に命じた。尚、当時の法華宗本能寺は、今の本能寺から西一千メートル、南三百メートル離れていた。造営にあたり、住僧だけでなく付近の民家も退去させ、周囲四町（約四百四十メートル）の寺域の四方を水堀と土居で囲み、仏殿から客殿他厩舎まで建てさながら小城郭とした。

反信長包囲網が次々と突破され、顕如の檄により信長に敵対してきた諸国の宗徒衆も根切《ねぎり》され、兵糧の欠乏に追い込まれた顕如は法流の護持を優先して考えたのか、信長が働きかけた朝廷の斡旋により閏三月五日、和平が決まりついに開城した。

四月九日、門跡の顕如光佐は雑賀へ。が、教如は諸国へ檄を発し、再挙する。翻意させようとした顕如に対し教如は拒否した。これに激怒した顕如は教如を義絶し、止む無く教如の弟准如《じゅんにょ》を嗣とする。これが、後、東本願寺（大谷派・教如。京都市下京区烏丸通《からすま》）と西本願寺（本願寺派・准如。京都市下京区堀川）の分立の端緒となる。

八月二日、抗戦籠城していた顕如の子で新門主の教如光寿《きょうにょこうじゅ》も雑賀へ落ちる。直後、伽藍から出火。昼夜三日間燃え続け、本願寺は灰燼《かいじん》に帰す。

ここに元亀元年九月以来、十年に及ぶ本願寺合戦が終結し、五畿内に脅威となる勢力が消えた直後、信長はかねて考えていた重臣の処分を行う。

〃武篇道《ぶへんどう》（武者道《むしゃ》）に悖《もと》り、光秀・秀吉等に比し怠慢である〃をその処分理由としているが、長年にわたり、その言動が腹に据えかねていたからであろう。

まず、佐久間信盛・信栄《のぶひで》父子を高野山へ追放すると、続いて林秀貞・安藤守就・丹羽氏勝《うじかつ》も遠国へ追放する。

信長は宿老等を処分して、織田一門衆と信長側近衆の再配置も併せ、考えていたのである。

（二十五）天覧大馬揃《てんらんおおうまぞろえ》

天正九年（一五八一）辛巳《かのとみ》。正月。

六郎に再嫁して以来五年、於犬は与九郎を思い遣らぬ日はない。

「そろそろ元服させねばならぬ」

そう考え於犬は、昨年の春、永春尼に文を送っていた。

「来年の正月、安土に参賀して信長公に挨拶を申し上げるように」

大野三万石の領主として元服を認めて貰うためである。

「与九郎のこと、大変嬉しく存じます」

と、永春尼から直ぐ返事が来たが安土参賀は、取り止めとなった。

「辛己の安土参賀の儀式は、諸国の大名には略す。馬廻り衆だけの安土出仕となる」

その信長の通達が、夫の六郎から知らされたからである。


「今年は、思いっ切り狂うか」

丹波は光秀、丹後は細川藤孝、大和は郡山城（大和郡山市）の筒井順慶《つついじゅんけい》に各々与え、更に播磨・但馬は秀吉に与え、勝家は加賀一揆を殲滅し加賀は平定された。

「やっと、儂が思った通りの軍団ができた。領地は己が力で切りとることが出来る将だけになった。

もう儂は、戦場《いくさば》に出なくて良い」

秀吉は中国方面の司令官として、堂々と毛利に向き合い、因幡《いなば》（鳥取）を攻め、跡取りの信忠は、佐久間の追放により尾張・美濃と領地の支配権を広げ、勝頼方の高天神城《たかてんじん》（藤枝市大東）を攻撃中の家康の応援に出陣中である。

「だから、狂う」

と信長は言う。

〝御狂〟は、気鬱を散ずる信長の手法で、尾張を統一する前の若い頃からの手法でもある。戦いの名手信長は、後方に控えていても安穏に浸らない。遊興の時も戦場と同様に手を抜かず、徹底して行なおうとする。

信長は正月早々、安土城下に馬場を築かせ、左義長《さぎちょう》の用意をすると、馬廻りに思い思いの出で立ちで出仕する様、命じる。

一月十五日、黒き南蛮笠を被り、ど派手な姿で登場した信長は、信包を含む一門等を引き連れ騎馬行列を行なう。

そして爆竹に火を付け騎馬懸けの後、見物群衆の中まで練り出し、〝貴賤耳目を驚かす〟程の荘観を演出して見せた。

この派手な馬揃えの噂は瞬く間に広まり、朝廷も注目するところとなり

〝都にて左義長あらば、御覧参いられたき由、信長に申し候へ〟

と、正親町天皇の意向が信長に伝えられる。

これは信長にとって渡りに舟である。京都は、天下人が誰れであるかを知らせしめる格好の舞台だからである。

一月二十三日、信長は、光秀に京での御馬揃《おうまぞろえ》の総奉行を命じ、麾下の諸将に対し、

〝各自は出来る限り、美装を凝らし、参集すべし〟

と、朱印状をもって御触れを出した。

この催しを耳にし御馬揃の見物に与九郎を誘うことを思い立った於犬は、乳母に永春尼宛の文を託し、大野に出向かせた。
信長と一門衆の堂々たる騎馬行列を目の当りにさせ、与九郎に信長一門としての自覚を持たせようとするためである。が、本心は
「成長した吾が子に、一目会いたいが故」
それが於犬の偽らざる気持であった。

二月二十八日、信長は正親町天皇を迎え〝天覧大馬揃〟を興行する。

洛中の馬揃主会場は、内裏（禁裏。天皇の御殿）の東に南北四町（四百三十六メートル）・東西一町余（百九メートル）即ち一条通から近衛通に亘る馬場で、両端には埒《らち》に見たてた毛氈《もうせん》で包んだ高さ八尺（二・四メートル）の柱が建てられている。

内裏の東門の築地《ついじ》（瓦屋根を葺いた土で塗り固めた塀）の外には、天皇初め公卿《くぎょう》・殿上人《てんじょうびと》が

観閲するため、桟敷席とは言え金銀の豪華な装飾が施された高さ五間（九メートル）程の御座所がある。

この御座所の左右に歴々が観覧する桟敷が細長く並んでいる。

与九郎は、この桟敷に旧公方衆として馬揃に参列している細川六郎信良の室、於犬と並び座していた。

「顔立ちは八郎殿と瓜二つじゃ」

溢れ出ようとする涙を抑え
「与九郎を何としても連枝衆として登場させねば。それは兄（信長）との約束である。一年遅ければ、この馬揃に元服した与九郎の姿が」

そう思いつつ於犬は、喰い入るように馬場に目を遣る与九郎の横顔を、いとおしく見詰めていた。


辰刻《たつのこく》（午前八時頃）に四条坊門通の宿所本能寺を出た信長は、室町通りを北へ上り、一条を東へ進み馬場に入って来た。

衿に梅の花を挿し、眉を描き、唐冠《とうかんむり》の頭巾《ずきん》、金紗《きんしゃ》の頬あて、虎の斑《はん》を縫い取った行縢《むかばき》という出で立ちの信長に、陸続《りくぞく》と騎馬が続く。

摂津と若狭の衆を従えた先頭の丹羽長秀から四番までは畿内駐屯の武将で、五番に信忠・信雄・信包等の信長の連枝衆、即ち織田家一門が、六番に近衛前久《このえさきひさ》・正親町季秀《おおぎまちすえひで》等の公家衆が、七番に於犬の夫六郎信良を先頭に旧公方衆が、八番に馬廻小姓衆が、九番に勝家を先頭に前田利家・金森長近等越前衆が、十番に弓衆が続き、この十番編成に七百人余の武将が参加した。

「これ程不思議な、贅を尽くした装束がこの世にあるとは」

華麗な出で立ちに与九郎は、思わず腰を浮かし信長の容姿に釘付けになったまま、呆然と見送っていた。

於犬が小声で叫ぶ。与九郎は、信忠・信雄に続き馬乗り十騎を率いた信包に、立ち上がり丁寧に御辞儀した。

「信包様じゃ」

二人を目敏く認めた信包は、右手を軽く挙げる。信包の後に続々と連枝衆が続く。

「こんなにも縁者がおるのか」

与九郎は今、華麗さと共に信長の一族の多さに舌を巻く。

信包に続き二十四歳の三男信孝、二十四歳の実弟信勝の嫡男信澄《のぶずみ》、三十五歳の弟長益《ながます》、三十六歳の弟長利《ながとし》、四十代の伯母と大橋重長の子勘七郎、三十六歳の弟信照《のぶてる》、二十代の甥信氏《のぶうじ》等が、与九郎の前を威風堂々通り過ぎていった。

「この群れの中の一人になれるか」

与九郎は心の中で呟き溜め息をついた。


金彩色の絹布《けんぷ》の金幣《きんぺい》や紅糸《こうし》の縫物を幟《のぼり》にたて、従者を先導させ、綺羅をつくした華やかな装束を着て、於犬の夫が行進してきた。

「この男が母上を奪ったのか。が、母上が幸せならば、それで良い」

与九郎は、六郎に目を据えると、深々と頭を下げた。


未刻《みのこく》（午後二時頃）、馬揃が終わろうとしていた。与九郎は、終始夢見心地にあった。

唯、信長の四男で秀吉の養子秀勝（御次《おつぎ》）が於犬のもとにやってきて挨拶を交わしたり、意気揚揚と行進する武将の中で、三番の明智光秀だけが何か浮かぬ顔をしていたり、その二つが与九郎の記憶に僅かに残ったくらいである。


突然「わっ！」という歓声と同時に「ごうっ！」と地が鳴る。

跡切《と》れることなく埒の周りを右から左へ乗りまわし行進していた騎馬が駆け足になり、信長自身が飛ぶような素早さで駿馬を次から次へと乗り替え、群集から大喝采を浴びる。

昂奮気味だった与九郎に、於犬との別れが近付く。

「母と二人で、これ程長い刻を過ごす事が出来るとは、想像も出来なかった。

自分は一人ではない。今後何かと、母上の支援を受けられる」

前途に些か光明を見い出した与九郎は、久し振りに清々しい気分に浸った。

しかし、これが永久《とわ》の別れになり、人の命の草露の如き儚さを、与九郎が身に染みて感じる
その時は、刻々と迫っていた。

桟敷から立ち上る時、於犬は大きくよろめき、慌てて与九郎は手をとって支えた。

にっこり微笑んだ於犬の青白い額に、薄ら汗が滲んでいるのを与九郎は気付かない。

病は静かに、徐々に、於犬の肺を蝕んでいたのである。

「御機嫌よう。またお会いしましょう。お祖母様《ばあ》（永春尼）に、お健やかにとお伝えください」

この別離の言葉に、与九郎は思わず
「はっ！」として、母を見詰めた。

「八郎殿は兄（信長）に心酔、一身を捧げることが私を幸せにすると。その通り、亡くなりました。果して、私は幸せになったでしょうか。後に残る者は寂しいものです。でも堪えねばな

りません」
馬揃の開始の前、笑いながら呟いた母の言葉が、突如として蘇り、与九郎の心を大きく揺さぶったのである。
が、込み上げる寂寞たる気持に堪えつつ
「では、母上もご壮健で」
与九郎は、胸を張り軽く会釈すると、於犬はそっと与九郎の手を取り、もう一度
「御機嫌よう。さようなら」
明るく声を発し、しっかり背筋を伸ばし、凛然と立ち去った。

九月三日、伊賀討伐を命ぜられた総大将の信雄は、十一日までに伊賀を平定。伊賀四郡の内、山田郡は信包に、残りは信雄に与えられる。

扨、中国攻めで馬揃に不参加の秀吉は、五ヶ月にも及ぶ鳥取城大包囲兵糧攻め〝鳥取の渇泣《かつ》かし〟により、十月二十五日、吉川経家《つねいえ》を切腹させ、ほぼ、因幡を平定すると、十一月、淡路《あわじ》島に上陸し岩屋城（淡路市）・由良城（洲本《すもと》市）を瞬く間に攻略する。

かくして、信長は中国・四国・瀬戸内海への侵攻経路を固めるに至った。

（二十六）　是非に及ばず

「あれが安土の城。どうじゃ、与九郎」

まるで惚《ほう》けたように見上げている傍らの与九郎に信包は声を掛けた。

天正十年（一五八二）壬午《みずのえうま》、元旦。

昨年の暮、於犬から助言を受けた与九郎は、安土年賀の同行を願い出るため、安濃津城の信包を訪ね、信包に付き添われ安土城に来ていた。

安土は、十四歳の与九郎の目には映る全てが想像を絶するものである。

「こんな仰山、人の居るとこ初めてじゃ」

安土城下の山下町《さんげちょう》の賑わいに、与九郎は度肝を抜かれる。

町には馬廻衆の家族・職人・商人、六千人余が住んでいた。

五年前、商工業を自由とする楽市・楽座、普請・伝馬の労役免除、近辺の旅人を安土で宿泊させたり、安土で近江の馬の売買をさせたりする命令等から成る十三ヶ条〝定《さだめ》　安土山下町中〟の掟が定められて以来、城下は繁栄していたのである。

虎口《こぐち》を構えた大手口の門を潜り天主を仰ぎ見た途端、

「この世のものか。これが極楽浄土か」

と、眩《くら》むような衝撃を受け、与九郎は叫んだ。

やがて天主に向かって真っ直ぐ上る幅六メートル程の大手道の周辺に展開する家康・信忠・秀吉などの屋敷群に目を遣った与九郎は
「どの一つをとっても、大野城位あるがや」

と驚いている。

近江の中央、観音寺山から延びる北西の尾根の標高二百メートル程の安土山に聳える、三十メートルの高層の天主は、金箔《こんぱく》の鯱瓦《しゃちがわら》が目映い光を放ち、〝玉楼金殿雲上《ぎょくろうきんでんうんじょう》に秀で、碧瓦朱甍《へきがしゅぼう》（屋根）日辺《にっぺし》に輝く（「安土山ノ記」）〟如くであり、天主のすぐ南東には天主より十メートル程低い檜皮葺《ひわだぶき》の渋い本丸御殿が望まれる。

信長はこの御殿に天皇行幸《ぎょうこう》用の〝御幸間《みゆきま》〟を作事しており、いの一番、明智光秀に御幸間を見学させていた。

「この天主様が伯父上か」

与九郎は、信長に見《まみ》えるのが空恐ろしくなる。

秀吉邸を過ぎ大手道が左に折れる坂上で、気持を落ち着かせようと立ち止まり、振り返った与九郎は、「おぉ！」と眼下の景色に釘付けとなり、爽快な気分になった。

「楽浪《さざなみ》の志賀の近《ちか》つ淡海《あわうみ》じゃ」

信包は与九郎に近寄り、呟くように言う。

比叡や比良の山々から、きらきらと照り耀く琵琶湖の湖面を渡って粉雪まじりの松風の音《ね》が聞こえるようであった。


信包と天主の南西の峰にある惣見寺《そうけんじ》の毘沙門堂・能舞台を見学した後、謁見場である天主の下の白洲に於いて、与九郎は信包より少し離れ神妙に正座し、信長の御成りを待っていた。

年賀の挨拶は一門の連枝衆から始まり、信忠・信雄・長益・信包と続いた。

「これなるは大野の八郎信方の嫡男にて、佐治与九郎。昨年元服、一成《かずなり》と名乗ります」

祝賀の挨拶後、信包はそう付け加えた。

途端に信長は、つかつかと歩み寄る。

「於犬の子か。大きくなった。幾つか」

甲高い声が与九郎の頭に落ちた。

「数え十四になりまする。ご尊顔を拝し、恐悦至極にござりまする」

この時こそと、与九郎は必死な面持ちで信長を見据え、確《しっか》り良く透る声で答えた。

この時信長は、於犬似の与九郎の目許から於犬との約束を思い出した。

「与九郎は市（於市）の娘於江を娶り、信包配下とし連枝衆とす」

何と信長は、信包を手招くと、その耳元にそう囁いたのである。

これにより与九郎は〝信長の残照〟として確乎不動《かっこふどう》となった。


この後、天主の六重め・七重め（五・六階）の狩野永徳作の障壁画等の見学を終えた与九郎は、綺羅美やかさに圧倒され、何か言いようのない虚しさに魘われる。

「父は伯父の捨て駒。母は再嫁させられて、自分は物心付くと海に出ていた。独りぼっちの寂しさを紛らすには、体を苛めるのが一番であると考え、弥吉に鍛えて貰った。こんなきんきらきんより、あの齊年寺の達磨絵の方が落ちつくし自分の性に合う」

与九郎の顔に納得した風情が浮かんだ。


幼い頃から、無意識に栄枯盛衰生者必滅の理《ことわり》を感じていた与九郎は今、一つの処世術を守ろうとしている。

「信長の甥だと、決して笠に着るな」

これが永春尼の教えであった。

また、於犬からは

「いざという時は、信包を頼りなさい」

と、教えられた。

「安土は途轍も無く魔物に思える」

与九郎は、最早一刻も早く安土を去りたかった。


一月二十五日、信長は内宮が寛正三年（一四六二）、外宮が永禄六年（一五六三）以来途絶えている式年遷宮の再興を伊勢神宮の織田家御師上部貞永に伝え、まず三千貫文を寄進した。

二月三日、信長は甲斐武田の攻略のため、駿河口から徳川家康、関東口から北条氏政、飛騨口から金森長近、木曽・岩村口から信忠の各々に侵攻を命じる。この時、信包は留守居を命ぜられ参戦していない。

怒涛の進撃を前に、勝頼は居城新府を焼き払い、二月十一日、天目山《てんもくざん》の麓、田野《たの》（甲府市）で一族と共に自害。この一族の中に〝十六歳になったら武田の家督を継がせよ〟と信玄が遺言した武田信勝《のぶかつ》がいた。信長の妹於勝の娘於雪と勝頼の子信勝は十六歳になり、遺言通り楯無《たてな》の鎧をつけ世継の〝環甲《かんこう》の礼〟をあげ、勝頼の死を見届けると敵中にかけ入り討死したという。

信長の残照の死でもある。ここに四百年以上続いた甲斐源氏武田は滅亡した。

三月五日、信長は安土を出陣。戦跡遊覧旅行を始める。

甲斐を河尻秀隆《かわじりひでたか》、駿河を家康、信濃の四郡を森長可《ながよし》、上野《こうずけ》を滝川一益に与え仕置くと、上諏訪の法華寺（諏訪大社上社の神宮寺）を発し、四月三日、富士を遠望し灰燼の府中に入る。十二日、富士を望みつつ駿河浅間神社に着陣。二十一日、安土に凱旋した。

五月四日、朝廷は勅使を安土に下向させ、信長に征夷大将軍・太政大臣・関白の三職《さんしき》のいずれかにと推任《すいにん》する。が、信長は奉答せず断った。この結果、四年前、右大臣と右近衛《うこんえ》大将を辞して以来、信長は無官のままとなる。

「天下統一の暁は、倅《せがれ》信忠を最高官職に付け、自分は無位無官で良し。信忠は権威のため官位が必要だが、自分は与えられる官位は要らん。

所詮、形は夢幻《ゆめまぼろし》。この世には遺り残したもんが、まんだ仰山あるでなも」

恐らくそう考えたのか、或いは中国・四国・九州を平定後に位人臣《くらいじんしん》を極めた三職の推任を受けようと考えていたのか。その真底は窺い知れない。

五月七日、信長は三男信孝に〝四国国分令《くにわけ》〟の朱印状を下し、四国を席捲している長宗我部元親攻めを命じる。

七年前、元親が土佐を統一した折、信長は〝四国の儀は手柄次第に切り取って良い〟とのお墨付きを元親に与えていた。以来、信長の奏者として明智光秀は一益が北条、秀吉が毛利に対する如く長宗我部に対してきた。が、その誼は余りにも深いものであった。

光秀の宿老斎藤利三《としみつ》の義妹は元親の正室で利三と元親は義理の兄弟となり、妹婿は母方蜷川《になかわ》氏（元幕府政所代《まんどころ》）の当主にして元親の側近でもあった。

利三は光秀の重臣として信長と元親の結び目の役割を果たしていたのである。

ところが昨年、信長は突然、元親に対し〝本国土佐の他は阿波南半国しか領有を認めない〟との政策に転換した。何故転換したのか紙幅の制約上詳述できないが、いずれにしても信長側の事情である。

これに激怒した元親に対し、光秀は利三の兄で石谷頼辰《いしがいよりとき》（元将軍足利義輝の側近石谷光政《みつまさ》の養子）を使者に立て懸命に説得し続けていたが、ついに決裂に至った。

丁度、この折美濃三人衆の一人稲葉一鉄の家臣を招き入れた光秀・利三に対し怒った一鉄の訴えに〝法に背く〟として、信長から光秀は激しく叱責され、利三は自害を命じられるも幸い信長の側近のとりなしで助命される事件があったばかりであった。一鉄の旧臣であった利三自身もかって一鉄のもとを去る際、〝信長勘当の者〟と信長の逆鱗に触れている。

十七日、予定していた家康饗応役を解かれ、急遽備中高松城包囲中の秀吉救援を命じられた光秀は、出陣の準備のため、一旦坂本城に帰城し、先程から静寂の中、利三と向き合い沈思座していた。

今度の四国政策の転換は光秀を四国攻めの総師の地位からはずし、窮地に陥らせ、利三の顔を怒りと恐怖に引き攣《つ》らせている。

「上様は余りに、我等を蔑《ないがし》ろになされる！」

光秀は利三の両膝に置かれた握り拳の上に涙が零《こぼ》れ落ちるのを黙って凝視していた。


二十六日、坂本城から両丹（丹波・丹後）支配拠点であるもう一つの居城亀山城（亀岡市）に入った光秀は、六月朔日酉《とり》の刻（午後六時頃）一万三千の軍勢を三段にそなえ亀山を発した。光秀の矛先《ほこさき》は備中ではなく洛中であった。

一方、十五日、来賀した家康を二十日まで饗応した信長は、翌二十一日、信忠を付け家康を京・堺遊覧に送り出し、安土城の留守を蒲生賢秀《かたひで》・織田信益《のぶます》等に命じると、二十九日、二、三十人の小姓衆を連れ上洛、夕刻、宿所本能寺に入った。

翌六月朔日、御所が本能寺に移った如き大勢の公卿を前に信長は、安土から持ち込んだ三十八種もの名物の茶器を披露した。が、これ等〝天下一〟と讃えられた当代第一級の宝物は、翌日、悉皆《しっかい》この地上から消え失せることになる。

夜になって訪れた信忠・村井貞勝と歓談した信長は、信忠が宿所妙覚寺に戻ると、夜更けて寝所に入った。

本能寺の森は霧雨に包まれ、夜の黙《しじま》に沈んでいる。

「信忠は大きく成長した。取り巻きも最強の軍団に育った。天下への道筋ができた」

夜着に着替え満足気に床に就こうとした信長に、懐しき人が浮かぶ。

「親父（信秀）・爺（平手政秀）・舅（斎藤道三）！　儂は、ここまできた。吉乃よ、奇妙（信忠）はもう大丈夫じゃ！」

フラスコ瓶のコンフェトス（金平糖）を一粒摘まみ口に放り込み、赤い葡萄酒を本の少し含むと、信長は深沈とした美しさに懐かれ、子《ね》の正刻《せいこく》（午前一時頃）近く、眠りについた。

風の無い、蒸し暑さだけが残る上京寺内《てらうち》通百々辻《どどのつじ》の細川邸で、於犬は六月二日（新暦七月一日）の朝を迎えようとしていた。

巳《み》の刻（午前十時頃）には本能寺に出向き、信長に会う約束をとり付けている。

信長から与えられた知行の御礼である。

「与九郎のことも確り頼んでおかなくては。もう左程生きられぬ。兄の晴れ姿を目に焼き付けておきたいのじゃ」

先の馬揃観覧の後、於犬は大きく体調を崩していた。

仏暁、無理して床を離れた於犬は、中庭を見遣り、木立の葉の動きに目を留めた。大徳寺《だいとくじ》辺りに源を発し滔々と流れる堀川から、早朝特有の涼し気な風が渡ってくる気配はない。

「蒸し暑い一日となりそうな。午《うま》の初刻《はっこく》（午前十一時半頃）までにはお暇せねば。厳しい暑さは耐えられぬ。少し早目に参ろう」

仕度に取り掛かろうとした途端、於犬は激しく咳き込み、座り込もうとした。と、略、同時に乳母が血相を変え駆け込んできた。

常に冷静な乳母が息急《せ》き切って、しかも途切れ途切れに於犬に説明し始める。

「今朝、信長様、明智の謀反により御討ち死と拝察。唯今、本能寺炎上。於犬様には直ちに京を出る仕度をする様、以上、殿様に命じられました」

衝撃で眩み、崩れそうになった於犬の身体を支えようとした乳母の手を弱々しく払い除けた於犬は、凛然として言い放つ。

「兄の生死がはっきりしない今、ここを動くつもりはありません。死生命《しせいめい》あり、天にありと申すもの。この世の事はこの世にて済む。何も恐れることはありません。兄亡くならば、この京で弔う」

「姫様！」

一言発し乳母は泣き崩れた。

本能寺の変の舞台は、卯《う》の刻（午前六時頃）明智軍の目印となった西海子《さいかし》（さいかち）の大木のある本能寺から北へ四、五百メートルの信忠の宿所妙覚寺、更に二条新御所に移る。

その直後、上京の屋敷を出た六郎信良は、阿波に向け奔駛《ほんし》する。

「信長の世話になったと言うだけで殺されてたまるか。余には余の生き方がある」

於犬の返答がどうあれ、六郎は我が身の処し方を決めていた。〝逃げる〟である。

これにより於犬は以後三ヶ月、思うがままの人生を過ごし最後を迎えることになる。

「門扉、板戸等厳重に鎖《とざ》し、出入りは全て妾《わらわ》の指示に従うこと。これより籠城する」

六郎が退去するや否や、於犬は、六郎が残留させた数人の家臣・中間・女中等全員に申し付け、兵糧の確認をさせると、夕刻急使を大野と安濃津へ放った。

〝城を確り固め、動くでない。信包様の指示に従うように〟と与九郎に対し、〝与九郎につき、呉々《くれぐれ》も頼み参らせ候よし〟と信包に対し、各々文に認められている。

気落ちした心を奮い起たせ、震える手で本能寺の変の様子と共に懸命に綴った於犬の文であった。

斎藤利三の軍勢を先頭に怒涛のように押し寄せる明智の軍兵に対し、信長は無駄な抵抗と知りつつも弓を取り、鑓を振るい重症を負うと、颯《さっ》と火炎の中に消えたという。

一方、本能寺の変を村井貞勝の注進で知った信忠は、妙覚寺を出て東に隣接する二条御所に入り、村井貞勝初め歴々の将士が多数討死する中、最後の一戦を遂げ、〝自分の遺骸は縁の板を剥がし、その中に隠せ〟と命じ、鎌田五左衛門《ござえもん》の介錯で切腹した。

南北に僅か六百メートルしか離れていない本能寺と二条御所で卯の刻までに信長が、辰の刻より半刻《はんとき》後（午前九時頃）までに信忠が、凡そ三時間程の間に天下一統を目前にして、武辺の道を行くが如き死に方で相次ぎこの世を去ったのである。

信長、享年四十九。法名総見院泰巌安公《そうけんいんたいがんあんこう》。

信忠、享年二十六。法名大雲院仙巌《だいうんいんせんがん》。

騒然とした洛中で、明智による落人探しが始まる。

さて於犬が戦って死す覚悟をしつつ、大野と安濃津への文を綴っていた丁度その頃、本能寺の変は安土に伝わった。

二の丸留守居役役、蒲生氏郷の父賢秀は、混乱の中、

「屋形《やかた》、金銀財宝をそのままにせい！」

と言い放つと、未《ひつじ》の刻（午後二時頃）には安土を脱して居城日野《ひの》城（蒲生郡日野）へ於鍋等信長の妻子を避難させた。避難した中に、後、与九郎の妻となる於鍋の子於振《おふり》もいた。

六月五日から七日までの三日間、安土城にいた光秀に近江の諸侯が降る中、賢秀《かたひで》・氏郷父子は、毅然として投降を拒否した。

ここで記しておかねばならない公卿がいる。変の前日、本能寺の信長の御成《おなり》御殿に参会した一人、前関白・太政大臣従一位近衛前久《さきひさ》である。藤原氏北家の流れで摂政《せっしょう》・関白たるべき近衛・鷹司・九条・二条・一条の五摂家筆頭の前久は一子明丸が信長により二条御新造で元服し、一字をもらい信基（後の信尹《のぶただ》）となってから信長に急接近した。一方顕如の子教如が前久の猶子となっていて、前久が本願寺と親しいことに着目した信長は前久を勅使にして本願寺を開城させることに成功する。ところが変当日、前久は出家して龍山と号し嵯峨に隠れ、その後、家康の保護を求め遠江へ奔る。

問題はこの前久の行動である。変の当日、信忠が立てこもる二条御所を包囲した明智軍は隣接する近衛邸の屋根から御所内を見下ろし、弓・鉄砲を撃ち込み、堅固に築城された御所を短時間で落城させている。前久の出奔がこのことで秀吉・信孝から嫌疑をかけられたためか、単に青天の霹靂に驚愕しただけだったのか。興味をそそる出来事である。

本能寺の変の翌日の六月三日、亥《い》の刻（午後十時頃）、備中高松城《びっちゅうたかまつ》を水攻め中の秀吉は、幸運にも光秀から毛利に出した使者を捕えた。その翌日、変を知った秀吉はそれを直隠《ひた》し、毛利方の使僧安国寺恵瓊《えけい》を招き、城主清水宗治《むねはる》の切腹と備中・美作《みまさか》（岡山）伯耆《ほうき》（鳥取）の諸国の割譲の代わりに、城兵を助命するという講和を成立させる。

丁度、この日、京の常宿の茶屋四郎次郎から本能寺の変を聞き知った家康が、苦心惨憺の末、加太越《かぶとごえ》にて伊勢白子《しらこ》から航路岡崎城に到着していた。

六月六日高松を発し、行程二十里（約八十キロ）の〝中国路大返し〟で七日姫路に帰城した秀吉は、十一日、尼崎で中国援軍の伊丹城主池田恒興《つねおき》、四国方面軍として堺に居た織田信孝・丹羽長秀に参陣を求め、十三日、山城の山崎（京都府乙訓《おとくに》郡）にて明智勢を撃破する。

光秀は、坂本城へ敗走する途次、土民により暗殺された。享年六十七。

山崎の合戦の二日後、誰の仕業か安土城は炎上し、その数日後、京への東の入口、粟田口《あわたぐち》に首と屍骸がつなぎあわされ磔《はりつけ》にされた悲惨な利三と光秀の姿を一人の少女が目の前にしていた。幼名お福、利三の娘で後の於江の嫡男三代将軍家光の乳母となる春日局《かすがのつぼね》である。

十六日、焼失した安土城に入った秀吉は、二十七日、織田旧重臣の清須城（清須市）の参会に於て、信長の三男信孝が家督を継ぐべきと主張する柴田勝家に対し、本能寺の変の時、岐阜城から清須城に難を逃れていた信忠の遺子三宝師《さんほうし》（秀信《ひでのぶ》）を推し織田家の後嗣とした。

これに対し明智討伐、清須会議と秀吉に機先を制せられ、織田家筆頭重臣から転落した柴田勝家と〝秀吉に為《し》てやられた〟との認識を共有した信孝は、於市を勝家に嫁し、勝家を織田一門に引き込み、反秀吉勢力の主導を目論み軍使を信包に送り、於市の岐阜入りを命じた。

「織田の血族は、これから翻弄される。偉大な兄の後じゃ。乱はこれからじゃ」

数日後、軍兵に衛られ、安濃津城から去り行く於市と三人の娘達に信包は、右手を軽く挙げ、そう呟き寂しく立ち尽くしていた。

清須会議で決定した遺領処分により、北伊勢の他に尾張と清須城は信雄に、越前の他に秀吉の旧領近江長浜六万石は勝家に、播磨の他に山城・河内・丹波は秀吉に、近江志賀郡・坂本城は丹羽長秀に、そして信孝には美濃・岐阜城が与えられた。

信孝は岐阜城で於市を説得。於市と祝婚を挙げ面目を施した勝家は、於市と三人娘を連れ北庄へ向かった。一方、秀吉はこの結婚に気付いていなかった。

「己《おのれ》、権六《ごんろく》（勝家）、三七《さんしち》（信孝）奴《め》が」

狙っていた於市と娘達を出し抜いた二人に秀吉は、地団駄を踏むが、腹の中では

「勝家は浅井と同じよ。北庄城は小谷と同じ運命。於市と娘は取り戻せる」

と、猛烈な闘争心を掻き立てられる。


七月十一日、入京し本国寺に陣した秀吉に、於犬は何としても会いたいと考えていた。

七月の初め頃、病が一層、篤くなる中、

〝密かに信長の遺骨が本能寺から持ち出され、芝薬師町阿弥陀寺に埋葬され、信長と信忠の墓が築かれた〟との噂を知った於犬は、乳母に抱き抱えられながら阿弥陀寺に向かったが、喀血し、途中で戻ったこともあった。

於市が勝家に嫁したと信包の報で知った時
「自分だけでなく、於市も死す」

そう思った於犬は、何度も枕を濡らしながらも、その都度、

「織田の、兄の血を亡ぼしてはならぬ。与九郎を何とかせねば。何とかせねば」

呪文の如く何度も唱えた。


於犬は気力を振り絞り、綴り終え筆を擱《お》き、

「この書翰を本国寺の秀吉殿へ」

と乳母に命じると、どっと床についた。

山崎の戦捷を賀し〝与九郎の行く末、頼み参らせ候〟

書翰には認められていた。

天正十年九月八日、一年余りの闘病の後、信長百日忌の四日前、於犬は〝信長の残照〟としてその栄光を守る凡そ百日間の闘いの幕を閉じた。

享年三十五。法名霊光院殿契庵倩公大禅定尼《れいこういんでんけいあんせんこうだいぜんじょうに》。

その美貌が類稀れであったことは、臨済宗妙心寺派大雲山龍安寺に残されている画像賛により明らかである。

（二十七）　於江と与九郎

「与九郎殿。確りせい」

永春尼の叱正に与九郎は我に戻り
「城の内外・国境・船繋《が》かりを固めよ」

と全大野衆に命じる。

「あの神の如く崇められた伯父上が」

於犬の報に与九郎は放心状態に陥っていたのである。

間もなく、尾張は信忠から信雄の支配下に置かれたが、与九郎は於犬の指示通り城を閉じたまま動くことはなく、於犬からの情報を只管《ひたすら》待っていた。


九月初め、待ち侘びていた報は与九郎を叩きのめす。

「あれ程、気丈夫な母上が。何故、今」

呻くように絞り出した与九郎は、滂沱たる涙に咽《むせ》んだ。

数日後、於犬の乳母から二通の書翰が届き、与九郎は震える手で開封した。

一通は、於犬の臨終までの様子を簡潔に記し、

〝与九郎様の行く末を最後まで、気遣っておられました〟

と結ばれ、他の一通は、

〝信長公の跡継ぎをめぐり、織田家の遺子・家臣は二分され、争乱真近なり。誘い掛けに応じぬ様。信包様と全てご相談を。上洛は危険につき為されませぬよう。これは母上様の遺言です故〟

とあった。追伸がある。

〝御母上様を葬りご冥福をお祈りするため、龍安寺に霊光院を造営致しとう存じます〟

与九郎は、遙か京の乳母の慈悲に心神をこめ合掌した。

九月十二日、信長百日忌を、於市は山城妙心寺で、秀吉は信長の養子羽柴秀勝をして大徳寺で、各々修した。

十月十五日、秀吉は洛中紫野《むらさきの》の臨済宗大徳寺派大本山竜宝山大徳寺で、信長の後継者として天下に名をあげるべく大芝居をうつ。

信長公の本葬を盛大に行なったのである。

正親町天皇は故信長公に、太政大臣従一位をおくり、諡《おくりな》として総見院殿大相国一品泰巌大《そうけんいんどのだいしょうこくいっぽんたいがんだい》居士《いし》を授ける。

引導は高僧宗訴笑嶺《しゅうそしょうれい》が務め、仏を誉め称える経文の偈《げ》には

〝四十九年ノ夢一場〟で始まり、

〝吹作二梅花一遍界香（吹いて梅花となって遍界《へんかい》に香《かんば》し）〟で結ばれている。

秀吉は、寺内に信長の菩提所総見院を建立し大徳寺に一万貫、総見院に千四百貫を付す。

葬儀の案内は遺子・遺臣のもとに届けられるも信雄・信孝・勝家・一益は終《つい》に姿を見せなかった。

が、大葬儀は織田政権の継承者として秀吉の名を天下に轟かす。

十月二十四日、葬儀の成功に機嫌が良い秀吉に面会した於犬の乳母は、於犬の死と弔《とむら》いを報告すると共に、重ねて於犬の遺子の援助を懇請した。

「於犬様は、上様の後を追われたか。不憫じゃった」

そう言いながら、秀吉は勝家討伐を考え、於市に想いを馳せていたが、にっこり笑うと乳母に優しく告げた。

「上様（信長）より大野殿（於犬）に与えられし地子銭は、御子等のためにもそのまま安堵するでなも。そうじゃ。与九郎には、良き女子《おなご》を考えとる」

乳母は、これで於犬を供養できると胸を撫で下ろし、深々と頭を下げた。

於犬の徳が乳母を賢女に導いたのであろうか。乳母は、翌年の二月、龍安寺の一角に於犬の菩提所として霊光院を造営し、自ら尼となり於犬の遺子を養育しつつ、余生を於犬の弔いに捧げた世にも希な賢女であったという。


十月二十八日、秀吉は丹羽長秀・池田恒興等と本国寺に会し、天下平定を話し合う。

十二月九日、三万の秀吉軍は、長浜城の勝家の養子勝豊《かつとよ》を降下させ、味方に付ける。

十二月二十日、岐阜城攻略。屈服した信孝の母坂氏を人質とし、城内に居た秀信（三法師）を確保し、修築した安土城に移す。

天正十一年（一五八三）癸未《みずのとひつじ》。三月三日。甥の佐久間盛政を先陣とした勝家は、北庄城を出陣し近江に進軍。信孝もこれに呼応した。一方、十七日、伊勢から近江へ転進した秀吉は、四月二十一日、盛政軍を琵琶湖北岸賤ヶ嶽《しずがたけ》で撃破し、二十四日、北庄城を攻略する。天正三年に築き始めた城は完成をみないまま落城し、血に染まった丸に二つの雁金《かりがね》の白地の勝家の軍旗が天守の石垣から落下していった。

北庄城攻めの最中、安土に送られる於市の三人娘を目撃した信包は於市の死を確信すると、「人の運、不運は紙一重。勝家と秀吉の違いも結局、人心収攬の術だけの差じゃ」と心の中で叫びながら、鉄炮薬に火を放ち炎上する天守で自害した勝家と〝天下第一番の御生付〟であった於市の霊に合掌していた。

二月から三月にかけて信包は、秀吉方として峯城（亀山市）・桑名城（桑名市）等の勝家に味方する滝川一益方の諸城攻撃に続き、賤ヶ嶽の戦い・北庄の城攻めに参戦していたのである。

於市享年三十七。法名照月院宗貞禅定尼。勝家享年六十二。

〝夏の夜の夢路はかなき跡の名を雲井にあげよ山郭公〟と詠んだ勝家に対して、

〝さらぬだに打寝《うちぬ》るほども夏の夜の別《わかれ》をさそふ郭公《ほととぎす》かな〟於市は死にのぞみ、そう詠んだと言う。

その後、秀吉は加賀・能登・越中を平定し、勝家の旧領を丹羽長秀・前田利家等に与えると、再度秀吉に抗した信孝を信雄をして野間（知多郡）の大御堂寺《おおみどうじ》に幽閉し、五月二日、切腹させ人質坂氏を磔刑《たっけい》に処した。かくして秀吉は、七日、安土に凱旋する。

尚、この一連の功績で信包は、秀吉から伊勢鈴鹿の鹿伏兎《かぶと》（加太。亀山市）・稲生《いのう》（鈴鹿市）を加増される。

「御三方、大した別嬪。流石《さすが》、於市様の血を引いてござる」
数日前に着いていた三人の娘に面会した秀吉は、思わず舌舐めずりしそうになる。この時秀吉は既に、各々の身の振り先を決めていた。
五月十一日、論功行賞のため坂本城に向かう直前、十六歳の於茶々、十四歳の於初、十二歳の於江を招き入れた秀吉は、於江に向かって
「於江様は、於犬様をご存知じゃろう」
と、話し掛ける。於江は気後れなく
「はい。於犬叔母様と与九郎様は、良く覚えております」
数日前、母於市を死に追い遣った秀吉にさらりと答えた。

「その与九郎殿のとこへ嫁に行きゃあせ。知多の大野の佐治のとこじゃ」

このまま何もせず座して時を経るのを恐れ始めていた於江は、瞬時〝与えられるものに当たって砕けろ〟という気になる。

「分かりました。参ります」

余りのことに仰天、茫然自失した二人の姉を於江は、涼しい目で見詰める。

「於江殿、良くぞ申した。よし、よし」

満足気に頷いた秀吉は、美しく成長した於茶々を横目で確り捉えた。


五月の末、祝賀に彩り飾られた大野城の館では、夫と子を亡くすも、老体に鞭打ち、孫の与九郎を十八歳まで養育した永春尼の晴れやかな姿が見られた。

「与九郎が於犬の姪を貰うとは、これ以上の悦びはない。やっと酬いられた」

と、朝凪《あさなぎ》の刻、一人涙ぐんでいた。

払暁、弥吉と共に笹舟を操り沖に向かった与九郎は、先程から十年前に会った於江の顔形を頻りに思い出そうとしている。が、

〝いつも笑ってばかり〟の於江しか思い浮かばないのである。

やがて、赤く灼けた鉄片がのぞくと海上は白金色の光の箭《や》を放つ朝を迎えた。

「殿、これを」

弥吉が用意した二挺の鉄砲を確認した与九郎は、戌亥《いぬい》（北西）の空に向けて鉄砲を構え、大きく息を吸い込むと
「母上！　伯父上！」「母上！　伯父上！」

と二度絶叫し、立て続けに二発放った。母於犬と伯父信長への弔砲である。

直後に、与九郎の目から怺《こら》えていた涙が溢れた。

「織田一族として、華やかに嫁入りを」

そう秀吉に誇りを擽《くすぐ》られた清須城主信雄は、於犬を大野へ嫁入りさせた信長と同様、於江を清須から船団を組み大野へ送り出したのである。

未《ひつじ》の刻（午後二時頃）、於江の乗った艘《ふね》を取り巻くように凡そ二十の小舟は、凪いだ海を静かに大野湊に滑り込んで来た。

既に於江の艘は紅白に満艦飾《まんかんしょく》された大野佐治の水軍船に先導されていた。

一方、丹羽長秀を北庄へ移した秀吉は、池田恒興を大坂城から大垣城（大垣市）に、子の元助《もとすけ》を岐阜城に移すことを命じると、六月二日、大徳寺で信長一周忌の法会《ほうえ》を修し、早々と焼

香を終えるや否や、恒興から受け取った大坂城に入り、築城と城下の建設計画に取り組んだ。

周りを河川に囲まれ、河内平野の南方から続く細長い丘陵の北端にして、山城・大和・河内・和泉・摂津の五畿内の中心で、曾て本願寺があった大坂の築城は、中国・四国・九州の攻略の本拠を大坂にしようとした信長の戦略を踏襲するものであった。

十一月、二十余国の諸大名を大坂に在住させ、日々、三万人の人夫で天守土台工事を進めていた秀吉は、勝家方を一掃後は〝織田家の家督者である〟と自負する信雄を〝用済である〟として次第に等閑《なおざり》にし始める。

当然の如く、秀吉から離れた信雄は、隣国の徳川家康を頼る。

これを察した秀吉は、信雄の知行地、伊賀・伊勢・尾張三国の家老、尾張星崎城（名古屋市南区）の岡田秀重《ひでしげ》・伊勢松ヶ島城（松阪市松ヶ崎）の津川義冬《よしふゆ》・尾張苅安賀《かりやすか》城（一宮市）の浅井新八郎の子浅井田宮丸《たみやまる》等を、大坂の津田宗及邸の茶会に誘い誼《よしみ》を通じる。

堺の豪商で茶人の宗及は、家康を安土で饗応し、本能寺の変の前日は堺で家康招待の茶会を開くなど、家康とも親しい。

秀吉とこの三家老の動きは、家康に筒抜けであったであろうし又、秀吉も計算づくだったのであろう。

天正十二年（一五八四）甲申《きのえさる》。二月。

家康は、清須の信雄に使者を送った。

三月三日、信雄は、秀吉に内通したとして三家老を長島城で誘殺する。

この誘殺事件はやがて、与九郎と於江の幸せを引き裂く。

最早、家康・信雄方との全面対決は避けられないと考えた秀吉は、三月八日、出陣準備命令を出す。

十日、大坂を発する前日、「於江は大丈夫か」と於茶々に問われ、

「於茶々・於初・於江の三姉妹は、向後、儂の運を切り開く宝物じゃ。大野は星崎の属城。家康は星崎を攻める。さすれば、大野は風前の燈し火。於江が危ない」

そう危惧した秀吉は、安濃津の信包に
「於江を大野より救出せよ。於茶々が病に臥し、会いたがっとると言《ゆ》うて、上手く連れ出すのじゃ。与九郎の処し方は任す。

兎に角、於江を無事に大坂に届けよ」

との急使を送る。

秀吉は、於茶々の居る安土と普請中の大坂を幾度も往復し
「それは天に届くかと見紛う天守。間もなく天下一の金城《きんじょう》となる。大坂へ行こうぞ」

と説得し、於茶々を安土から大坂に移していたのである。

秀吉から因果を含められた信包が軍使を大野へ送った時、星崎城は緊迫し、尾張は風雲急を告げていた。

与九郎は、伯父信包からの書状を読み了《お》えると、於江に大坂行きをすすめる。

「姉上の御見舞いに大坂へ行くが良い。秀吉殿と家康殿の間に不穏な兆しあり。間もなく尾張は戦乱に塗れるのは必定。大坂の方が安全じゃ。治まれば必ず迎えに参ろうぞ」

その与九郎の言に於江は素直に応じた。

「御迷惑をおかけ致します。江は姉様の御見舞い後、直ぐにでも戻る覚悟です」

これが与九郎と永久《とわ》の別れになり、於犬に次ぎ於江という信長の血族が大野を去る。

(二十八) 大野を脱出

信包から差し向けられた軍船に於江が乗り込み、大野湊を離れた頃、信雄に誘殺された岡田秀重の弟善同《よしあつ》が籠もる星崎城は、家康の臣で苅谷《かりや》城（刈谷市）の水野忠重《ただしげ》・勝成《かつなり》父子の軍勢に包囲され攻められていた。

忠重は本能寺の変の際、信忠に従っており、二条御所で明智勢の襲撃を受ける。が、脱出し苅谷城に戻り家康に仕えていた。

城内に居た笠寺《かさでら》城（名古屋市南区）の山口重勝《しげかつ》が母を人質に出し、水野に内通しようとして発覚し城から叩き出された後、熾烈を極めた攻防戦が展開する。

水野勢は笠寺台地の南端、標高十メートルの平山城、星崎城の二重堀を越えて城内に雪崩込んだ。が、城方の猛反撃に多数の死傷者を残し、城下に放火し一端撤退する。

「次の総攻めには耐えられん。そろそろ潮時か。兄の無念は少しは霽《は》らせたか。これまでじゃ」

退却する水野の兵を見遣りながら、善同はそう腹に決めた。


星崎が激しい攻めに曝されている頃、軍議を終えた大野城内の館の広間は、時折嗚咽《おえつ》の声が流れる以外は静まり返っている。

この数刻前、星崎城の攻防戦が始まる直前、善同は軍使を大野へ送っていた。

「星崎は、兄を弔い戦う。これは武士の意地である。大野は参戦不要。開場し、家康・信雄の仕置に従うも良し」

この口上に、即座に意を決した与九郎は、永春尼の庵を訪れ、その意を伝えた。

「これは家康と秀吉の争い。大野をこの渦に巻き込み灰燼《かいじん》に帰しとうない。明日中には星崎同様、大野も攻められる。儂は一人、安濃津に行く。佐治と織田の血を絶やさぬため、伯父信包様を頼る。大野衆を存続繁栄させるには、大野城を開城する他ない」

一気に喋った与九郎は、一呼吸置くと、低い声で言い放った。

「結果的に秀吉の囲い者になろうと、それはそれで良い」

張り詰めていた心が切れたのであろう。両膝に置かれていた握り拳に涙が零《こぼ》れた。

「与九郎は立派に育った。が、時代が我等をまた、引き裂くのか。こんなにも無慈悲なことが立て続けに」

永春尼は、今、のたうちたくなる程、悲哀に打ちのめされていたが、与九郎に躙《にじ》り寄ると、そっと、その肩に優しく手を添え、大声を発した。

「流石、与九郎。見事じゃ。

人生には晴天も陰天もある。暗闇に耐え抜いた者にこそ、仄かな光でも有難いと思い、幸せを感じるもの。光彩陸離《りくり》の中に身を置く者は、ほんの少しの暗さで不平を言い、不安を募らせ、不幸だと思い絶望する。これからは苦患の連続であろう。が、生きるに負けるな。身を慎み、怠らず、精進せよ。慎之莫怠《つつしみなおこたりそ》じゃ。

私のことは心配ない。仏に帰依し、夫・息子夫妻を弔いながら、お前の行く末々の多幸を祈るのみ。

「さあ、皆の者に存念を伝え、機を失することなく、即刻出立せよ」

〝大野衆を率い城を枕に討ち死にするであろう〟と、死を覚悟していた永春尼は与九郎の決断に一筋の光を感じ取ったのである。

毅然として立ち上がった永春尼に与九郎は、溢れ出る涙を拭うと、深々と一礼し、大野佐治の頭領として、最後の令を下すべく、軍議が開かれる館の広間に向かう。

去り行く与九郎の背が回り廊に消えた時、永春尼はその場に泣き崩れた。


与九郎の存念に、家臣達は既に甲論乙駁する時間の余裕がないことを悟っていた。

戌《いぬ》の刻（午後八時頃）別涙《べつるい》の後、弥吉と共に桟橋に舫《もや》われた笹舟に飛び乗った与九郎は、暗夜の伊勢湾に、たった一隻で漕ぎ出す。家臣達は躊躇して見送ろうとしていた。

「さらば、さらば」

そう心で叫んで、過ぎし日の古里と人々に両手を合わせた与九郎は、汀渚《ていしょ》で蛍火のように揺れ動く提灯の明かりが波間に消えるまで、艫《とも》に立ち尽くしていた。

翌日の三月十七日、善同は降伏し星崎城は開城する。

三月二十日、大野城は家康により派遣されて来た戸田三郎右衛門忠次《ただつぐ》・清水権之助《ごんのすけ》政吉《まさよし》に接収される。これより前、大野城より南方四キロにある星崎城の属城、常滑城（常滑市）も既に接収されていた。

ここに大野城佐治四代凡そ八十年、緒川水野から分家した常滑城水野三代凡そ百年にして、両家は没落し、家康・信雄に組み込まれた。

「あれに、安濃津の城の出迎えが」

弥吉が指し示した闇夜に与九郎は、目を凝らす。微かな灯影が認められた。

無事に脱出できたと思った瞬間、与九郎は張り詰めていた緊張の糸が、すっと弛むのを覚えた。

「信包様の方か確認するまで、油断できませぬぞ。尾張・伊勢の全てが戦場でござる。こちらから声を掛けてはなりませぬ」

笹舟は、ゆっくり岸に向かう。大野湊から二時《ふたとき》、子《ね》の刻（午前零時頃）が近付いている。

岸辺には篝火《かがりび》が焚かれ、数名の兵士に囲まれ床几《しょうぎ》に腰かけている一人の部将を浮かび上がらせている。

二人は笹帆《ささほ》を素早く降ろし、櫓を操りながら、岸から十間（十八メートル）許りに舟を停め、様子を窺う。

床几から立ち上がり武将が大声で叫んだ。

「与九郎殿でござるか。分部光嘉《わけべみつよし》でござる。信包様の命で、お迎えに参りました」

光嘉に案内され安濃津城の大手門に入った途端、与九郎は「はっ！」とした。完全に戦闘体制下にあったからである。


「無事で何よりである」

深く頭を下げた与九郎の両肩に信包は、優しく手を置いた。与九郎は、信包を前にして漸く長い一日が終わったと思った。

が、信包には、今、与九郎に伝えねばならぬ残酷な話があった。信包は、ゆっくり与九郎に語り掛けた。

「十八になったか。早いものよ。先の変で、信忠・信房・信孝・信澄等の甥っ子が没した。兄の跡を継ごうとしている甥の信雄は、そんな器《うつわ》でない。秀吉と家康が天下とりで争う。儂は四十二だが、秀吉は六つ上。天下を統べる大器である。天下分け目の大戦《おおいくさ》は、直ぐそこまで来ておる。が、秀吉は負けない。戦いの後のことを考えておる」

丑《うし》の刻（午前二時頃）が迫っていたが、信包は続けた。

「兄は三十人近い子を駆使し、縁組を結んでいった。戦場では武力をもって、平常では縁組で戦ったようなもの。ところが秀吉は、子に恵まれていない。天下を切り上がるために、秀吉は出来るだけ、血筋の良い女子《おなご》を沢山必要としておる。

良いか与九郎殿。残念ながら、江は、大坂城から出ることはない。天下取りのため、江にはもう一働きが求められる。残酷のようだが、江は、そういう運命にある。江は、きっぱり諦めるしかないのだ」

ここまで一気に喋った信包は、顔をやや俯けた与九郎をじっと見詰めた。

「大野を捨てた時既に予感し、覚悟していました。二人が別々に生き、共に命が救われる。今はそう考え、江をきっぱり諦めます。伯父上様には、多大なお気遣いをいただき、心より感謝申し上げます」

「堪え難きを堪え、よう分かってくれた。明日から、儂の与力として助けてくれ」

暫く歓談して、与九郎が就床した時は、丑《うし》の刻（午前二時頃）を回っていた。

（二十九）　統一なる

安濃津城に到着した与九郎に間もなく、慚愧に堪えない辛い報が流れてきた。家康の臣、戸田忠次《ただつぐ》の命により大野衆は、滝川友足《ともたり》が守る松ヶ島城《まつがしま》（松阪市）救援に駆り出され、秀吉方九鬼水軍に襲い掛かるも、逆に撃破され、更に九鬼による逆襲で大野は火の海となり、大野水軍も潰滅したと言う。

「自分だけがぬくぬく生きて！」

与九郎はこの報に暗澹たる気持になり、自らを責めた。

幸い永春尼は、難を逃れ無事であったが、犠牲になった数多くの大野衆や、戦禍に見舞われた大野の村々を考えると与九郎は、我が身を責めるしか手立てがなかった。

三月の下旬、秀吉と家康の両軍は、尾張小牧で対戦、秀吉は楽田《がくでん》（犬山市）、家康は小牧山（小牧市）を各々本陣とし持久戦に入る。

途中、四月九日秀吉方の池田恒興・森長可・三好秀次の二万が、家康の留守の三河襲撃を企てるも察知され、長久手で大敗する。しかし、その後は対峙したまま膠着状態が続く。

楽田に進出してから凡そ八ヶ月後の十一月十五日、秀吉は家康との抗争に終止符を打つため信雄が領する伊勢に圧力をかけながら伊勢桑名で信雄と単独講和する。

信雄支援と言う名分を失った家康は、これに同調し、名実共に小牧長久手の役は終焉する。

この役の後、秀吉は松ヶ島を蒲生氏郷、神戸《かんべ》を生駒親正《いこまちかまさ》、志摩鳥羽を九鬼嘉隆に与え、大和の筒井順慶を伊賀上野へ移し、大和を秀吉の異父弟長秀に与え大和郡山《やまとこおりやま》城に入れる。

信包には木造《こつくり》・小山《おやま》（津市）等が加増された。

秀吉は、織田の血族の〝一貫して秀吉に忠節を尽くし続ける信包〟と〝織田家第一の継承者と自負している信雄〟の二人について、異なる評価をしている。

秀吉は、律儀な信包には御伽衆として傍に置き、将来秀吉一族の良き支援者となることを期待していた。

そういった意味で、信包と信包に庇護されている与九郎にとって、〝信長の残照〟にだけに生きることは、最早、それ自体が武器であった。

一方、二十年余、家康と同盟にあった信長の後継者と自負する信雄には、信雄を利用し、家康を服従させれば〝用済みの厄介者〟くらいに考えていた。

「信長の栄光は、儂の栄光に邪魔になるが、信長の残照は、それはそれで儂の栄光に箔が付くと言うもんじゃ」

　これが信包と信雄に対する秀吉の本音なのであろう。


　天正十三年（一五八五）乙酉《きのととり》。三月二十一日、十万の大軍をもって大坂を発し根来・雑賀を攻略し紀伊を平定した秀吉は、七月十一日、従一位・関白に任官され〝先代未聞ノ事也（「多聞院日記」）〟と囁かれる。

　四十九歳で没した故信長に与えられたと同じ位階と更に信長以上の権威付けを同じ四十九歳で手に入れたのである。

　秀吉は令外《りょうげ》の官として天皇を補佐し百官を統べ天下の万機を関わり白す関白を得るため、まず前関白の近衛前久の猶子（養子）となり、姓を藤原と改めると、関白職をめぐる二条昭実《あきざね》と前久の嫡子信尹《のぶただ》の争いを利用し、任関白となったようである。

　それはともかくとして同日、信包は侍従に任ぜられる。侍従とは本来、天皇に近侍し用を務める従五位下の担当官を指す。信包は名だけだが、津侍従《つじじゅう》と称された。

　八月六日、長宗我部元親《もとちか》を降し、四国を平定した秀吉は、八月八日、十ヶ国の大軍を率いて越中、佐々成政《さっさなりまさ》攻めに京を発す。

　信包軍は信雄の軍下に置かれ、与九郎は与力として弥吉を伴い、信包の傍らに控えていた。

与九郎十九歳の初陣である。

秀吉軍は坂本より湖上を航行し、北岸の海津《かいづ》（高島市マキノ町）に上陸、敦賀に出て、金沢を経て倶利伽羅峠《くりからとうげ》・礪波《となみ》山を越え、越中に侵入。

先鋒する信包・与九郎が信雄軍として成政の富山城を攻撃する直前、成政は秀吉軍の怒涛の進撃に僧形になり、降伏。

ここに小牧長久手の役の折、家康が敷いた長宗我部・佐々・雑賀・根来による秀吉包囲網は崩壊する。

越中からの帰途、与九郎は傍らの弥吉に屢《しばしば》、目を遣っていた。

「弥吉は父と同じ故、早や三十七か。功成り名遂げる絶好の機会だと、儂も弥吉も気負っていたが。戦う場がなかった。残念至極」

落胆し老けたような弥吉に目を留めつつ、そう呟いた与九郎も又、寂しいものである。

この時、大野で一人寂しく暮している永春尼を想った与九郎は

「最早、秀吉は天下様。戦いのない世が来るに違いない。もう、ここらで良か」

弥吉を大野に戻す決意をする。

越中からの帰途、信包は与九郎に囁いた。

「関白様、ご機嫌。大坂城の見物を許すと沙汰あり。自慢の城を見ておけということじゃ」

凱旋した秀吉に朝廷は、九月九日、源・平・藤《とう》・橘《きつ》の四姓の他に佳姓《かせい》として〝豊臣姓《とよとみ》〟を用意していた。

「藤原の姓を借りとるのは負い目があっていかん。これで名実ともに天下人になれるとゆうもんじゃ」

そう考えた秀吉は機嫌が良かったのであろうと信包は思っていた。


天守は、今年の四月頃には成っていた。外観五層、内部八から十階の大天守を本丸・山里《やまざと》丸・二ノ丸・三ノ丸の四つの曲輪《くるわ》が取り巻き、規模・豪壮華麗において安土城を凌ぎ、淀川の河口から外堀・内堀に水を引いたこの城は、周りを川に囲まれた巨大な水城であった。

「川と海に面し物資も人も諸国の情勢もよう集まる。従って富も集まる。祖父（信定）が津島湊に近い勝幡に城を構え、父（信秀）が熱田湊をおさえるため那古野城に移り、兄（信長）が本願寺があったこの大坂に執着したのもそういうことじゃ」

小声で語る信包に頷きながら天守から天王寺・住吉・堺を見渡した与九郎は、その壮大さ

に、

〝この城のどこかに於江がいる〟

といった想いは全く消し飛んでいた。が一瞬、与九郎の脳裡を伊勢の海にのぞむ大野城が掠める。そして唯一言「なつかしい」と呟いた。

天正十三年の暮れ、安濃津城内で信包は与九郎を前に、しみじみと語り始めた。

「あの城は、兄の匂い立つものを断ち、この世でならぶ者なしの極上の権威者であると、天下に知らしめる城じゃ。かくなる上は、秀吉に気に障る言動、特に織田の血筋ぶる言動は禁じるべし」

一息吐くと信包は、話を続ける。

「亀山の秀勝が亡くなった。我々にとって、大事な意味を持つ」

怪訝《けげん》気に見詰める与九郎に信包は、声を落として続ける。

「以前、正室於禰々《おねね》の実子石松丸秀勝《いしまつまるひでかつ》を幼くして亡くした秀吉は、七年前、兄に願い出て兄の四男於次丸《おつぎまる》を養子に貰い受ける。これが於次秀勝《ひでかつ》。兄没後、丹波亀山城主となった於次秀勝は、即ち羽柴秀勝は、大徳寺で百日忌と本葬儀を秀吉の主導で行なった後、病を発していた。一年前、大坂城内で毛利輝元の娘と婚儀するも、先日、亀山で没した。十八だった。禰々が秀勝を殊の外、情を注いでいた様子だけに残念なことじゃ。

さて、秀勝の死は秀吉と織田の断絶を意味する。向後は、我々、織田の血族を単なる家臣の一人として扱うであろう。だから、良く良く注意して秀吉に接せねばならぬ。それしか生き抜く道はない」

信包は深く嘆息すると

「長く生きるのも戦いじゃや。円転滑脱《えんてんかつだつ》も時として必要。じゃが、現実から逃げれば人生は暗く、現実を有《あ》りの儘《まま》、引き受ければ明るくもなる。上手くやろうぞ、のう、与九郎。うわっはっはぁはぁ！」

両手で与九郎の肩を揺すり哄笑した。

その夜遅く、弥吉は神妙な面持ちで与九郎の前に座していた。

「今度の越中攻めで分かった通り、向後は関白様の世となる。家康殿も関白様に従うであろう。さすれば、この世から戦が消える。ここまで粉骨砕身尽力に、心から礼を言いたい。父も草葉の陰で弥吉に礼を言っているであろう。向後は、信包様と共に生き抜く覚悟。年が明くる前に、大野に戻り、余生を大事に暮して欲しい」

弥吉は驚き、顔色を変え、茣蓙《ござ》を引き摺りながら与九郎に躙《にじ》り寄り、声を絞り上げる。

「先代八郎様の御命令にてこの弥吉与九郎様を行く末までも、お仕え致す所存！」

与九郎は弥吉の手をとり、じっと見詰め、

「今まで、傍にいてくれて、与九郎は幸せ者であった。祖母（永春尼）がこの所、弱っていると聞く。大野に戻ったら、よろしくお頼み申す。与九郎の最後のお願いでござる」

と語り掛け、深々と頭を下げると、突然、弥吉は大声を張り上げ泣き出した。

二人の影が仄暗い、凍えるような広間の板敷に揺らいでいた。


豊臣政権が確立して行く中で家康は、甲斐・南信濃に勢力を拡大しつつ、対峙する相模の北条とは、娘を北条氏政《うじまさ》の嫡男氏直《うじなお》に嫁し、天正十年十月に和睦し、今や三河・遠江・駿河と併せ五ヶ国の支配者になっている。

これに対し関白豊臣秀吉は、調略と懐柔策を用い、家康に上洛を促す作戦を開始する。

天正十三年十一月、秀吉はかねて調略していた家康の重臣石川数正《かずまさ》を三河岡崎から京に出奔させると、すかさず織田長益《ながます》・滝川友足《ともたり》・土方雄良《ひじかたかつよし》を岡崎に遣わし家康に上洛を促すが、家康はこれを拒絶した。

天正十四年（一五八六）丙戌《ひのえいぬ》。正月。

数正に和泉を宛てがい、二十七日、信雄を家康に遣わし和議を成功させると、秀吉は、異父妹朝日姫を家康に嫁し、更に九月二十六日、秀吉の母、大政所《おおまんどころ》（関白・摂政の母の尊称）を三河に下し上洛を促した結果、十一月二十七日、家康は大坂城に昇り、居並ぶ諸将の前で秀吉に謁見し、臣下の礼をとった。

十一月二十日、家康は浜松へ帰り、大政所が大坂への帰路に着くのを見届けた秀吉は、総仕上げにとりかかる。

秀吉には既に九州に続き小田原、東北征伐までの日程が出来上がっていたのである。

尚、同年七月二十四日、父正親町天皇が譲位を考えていた矢先、誠仁親王が俄に没した。享年三十五。その元服に際して費用を負担し、自分の京屋敷まで提供した信長は早期の譲位を望んでいた。結局、誠仁親王の第一子が第百七代後陽成《ごようぜい》天皇として即位した。

天正十五年、丁亥《ひのとい》。元旦。

三十七国、二十五万余の九州征伐軍の編成を行なう。

二十五日、先陣として宇喜多秀家を出発させた秀吉は、自身の出陣を三月一日とすると

「さて。厄介なるも楽しい仕事をするか」

手元に置いてある於市の形見、三人娘の処遇をにんまりしながら考えていた。

正月、安濃津城は出陣の準備でごった返している。

「出陣は十日後の十五日。大坂で信雄殿の軍に入る。三月一日、関白様に従軍する。尚、昨年の春、関白様は新たに太政大臣になられ、関白・太政大臣であられる。従軍中、呉々も粗相のないように」

と、分部光嘉・与九郎等に告げた信包は、微かに眩暈《めまい》を覚えた。

「まだ四十五と言うのに。疲れ易い。何故、何故か。気の病か」

与九郎と二人だけになった信包の肩は淋しげであった。声を落とし信包は、ゆっくりと噛み締めるように語り掛けた。

「中国から大返し尼崎に着いた秀吉のもとに信孝・丹羽長秀・池田恒興が駆け付けた時、儂は伊勢が不穏な気配で満ち、安濃津城に留まり続けた。光秀との決戦を見届けたかったからでもある。その後、秀吉に忠誠を誓い、安濃津城は安堵された。忠誠を求められ儂は止むなく秀吉の側室に愛娘《まなむすめ》を差し出した。姫路城の姫路殿とは儂の娘だ。ところで、於茶々達のことだが」

はっとし、思わず俯《うつむ》き加減の信包の広い額に目を遣り、

「於江も秀吉の側室にされる」

と、与九郎は思った。一息入れ信包は続ける。

「真ん中の於初は、元近江半国の守護の嫡流、京極高次《きょうごくたかつぎ》に嫁し、於茶々は秀吉の側室となった。於江は、於茶々が面倒をみてる」

今や雲上人《うんじょうびと》の庇護下にある於江に、与九郎は関心は深いが、未練はない。

この年より六年後、ルイス・フロイスは大坂城の秀吉の夜の生活について
〝関白は、この上もなく破廉恥で身持ち悪く、肉欲に耽溺して、諸宮殿内に二百人以上の婦人を所有している〟と報告書に記す。

事実、著名な側室だけを並べても前田利家の三女摩阿《まあ》こと加賀局《かがのつぼね》・京極高次の姉竜子《たつこ》こと松丸殿《まつのまるどの》・近江日野蒲生氏郷の妹の三条局《さんじょうのつぼね》・信長の五女三丸殿《さんのまるどの》・宰相局《さいしょうのつぼね》・姫路殿そして於茶々等数多く確認できる。

「信長様とは、違う」

と、与九郎は拳を握り締め、唸った。

「信長公と同様、情勢を見極め、流れを掴み、乗り切る才は秀吉も同じ。一働きしても、知恵を出す故、成果を二倍にも三倍にもする。が、欲望に対し、節を曲げるか否かに違いがある。

信長公は、他と自己にも厳しく治世を心掛け、富貴不レ能レ淫（富貴は淫するに能《あた》わず）、即ち志操堅固《しそうけんご》であるが、秀吉は他に厳しく身内に甘く、自己に対し殊更、節に気を奪われないか

らだ」

与九郎はそう確信していた。


天正十五年（一五八七）丁亥《ひのとい》。三月一日。

前古未曽有《ぜんこみぞう》の美観と言われた行装で出陣した秀吉の本隊は、騎馬三千を中核とする二万五千余の兵の他、軍需品・兵糧の現地調達のため、金銀積載馬十二頭を連れ、薩摩一向宗徒を利用するため、本願寺門跡顕如光佐を同行させ、京・堺の豪商、更に女房衆まで、従えている。

「これが九州征途か。物見遊山のような。が、実に精緻に準備されておる」

与九郎は、唯、瞠《みは》り、驚く許りではなかった。

「秀吉は家康やら本願寺やらを形振《なりふ》りかまわず懐柔し、利用しつくす術は天下一品じゃ。比叡山延暦寺の再興を許し、顕如には大坂天満の地を与え本願寺を建てさせている。これは兄（信長）じゃできぬことだわ」

赤間関《あかまのせき》（下関）に到着するまでの間、与九郎は溜め息まじりに語った信包の言葉を反芻していたのである。

五月八日、薩摩川内泰平寺《せんだいたいへいじ》で、島津義久《よしひさ》は頭を剃り秀吉に全面無条件降伏する。

七月十四日、大坂に凱旋した秀吉は、昨年の二月より内野《うちの》の大内裏址に造営中の華麗な〝聚《じゅ》楽第《らくのてい》〟の竣工をみて、九月十三日、大坂よりこれに移る。第内には茶堂千利休《さどうせんのりきゅう》の利休屋敷もつくられていた。

天正十六年（一五八八）戊子《つちのえね》。四月十四日。

後陽成《ごようぜい》天皇の聚楽第行幸という盛儀を成功させて天下に勢威を示した直後の五月、秀吉は家康を仲介させるなどして小田原の北条氏直の上洛をうながし、天下統一の唯一の空白の地、関東・奥羽平定に乗り出す。この時、秀吉は既に北条を国替させ、家康を関東に移すことを考えていたのであろう。

天正十七年（一五八九）己丑《つちのとうし》。十一月二十四日。

一年半に亘り、北条氏政・氏直父子に上洛を要求し続けるが不調。〝国替〟の噂を耳にしていたのか、上洛を躊躇《ためら》う北条に最後通牒を突き付けた秀吉は、諸大名に小田原出陣を命じた。

秀吉が小田原出陣を命じた五ヶ月前の六月の初めのことである。

与九郎は従三位左近衛中将が与えられた信包を祝った後、信包から於茶々について次のような話を耳にして驚く。

〝三月、於茶々の懐妊を知り大悦びした秀吉は、山城の淀（京都伏見区）に城を築き、淀城を於茶々に与え、聚楽第において、公卿・諸大名・秀吉の一族に対し、総額三十六万五千両の金銀の盛大な分配をした〟

〝五月二十七日、その淀城で五十三歳の秀吉と二十三歳の於茶々の間に鶴松《つるまつ》が生れた〟

天正十八年（一五九〇）庚寅《かのえとら》。正月。秀吉の異父妹で家康の室朝日姫が聚楽第で没す。

二十一日、家康、北条征伐に先陣出陣す。

三月朔日《ついたち》、秀吉本隊出陣。北条攻めの総兵三十万余に及ぶ。この中には九鬼嘉隆・加藤嘉明《よしあきら》・脇坂安治《わきざかやすはる》・毛利一族等の兵糧船・兵船を備えた水軍凡そ一万が参戦している。

三月二十七日、大将信雄の韮山《にらやま》城進撃軍、大将羽柴秀次の山中城《やまなか》（三島市）進撃軍、大将徳川家康の小田原進撃軍の三軍に分かれ進軍を開始する。

信包と与九郎は、信雄下にある。

四月三日、小田原城包囲を始めた秀吉は、城の西南に位置し城中を俯瞰できる笠懸山《かさがけやま》に、後〝太閤の石垣山一夜城〟と呼ばれる城を築城し、北条降伏までの凡そ三ヶ月の本陣となる。

六月二十六日、鉄砲の斉射で城兵を威脅する。

六月二十九日、北条氏政・氏直父子は信雄の陣に使者を送り、和議の調停を依頼して来た。信雄の陣を選んだのは、家康の助言があったのであろうか。

家康は本能寺の変の直後、娘を氏直に嫁す事を約し、北条と講和を結び、翌年の八月、十九歳の次女督姫《とくひめ》を氏直に輿入れしていた。

督姫への想望《そうぼう》もあったのであろう。家康は、旧知の氏直の叔父北条氏規《うじのり》を介し、氏政・氏直に和議を説いていた。

秀吉に対し終始、用心深く振るまっていた家康は、自身は表に立つ事無なく、和議の受け入れ先として信雄の陣をすすめ、信雄は信雄で小牧長久手の戦いの折、秀吉に抗戦和睦した苦い経験が本能的に、北条の使者の対応を信包に振った。

恐らく、北条は降伏した上で、氏政の死をもって氏直と家臣の助命と北条の存続を願い出ようとしたのであろう。

が、信包は迂闊にも、北条氏の申し出をそのまま、秀吉に伝えると言う失敗を犯す。使者の申し出を聞かず、唯、引っ捕らえて秀吉の面前に引き据えるだけで良かった。

忽ち、不機嫌になった秀吉は信包を一喝。

「惣無事令《そうぶじれい》に背いた北条奴《め》。信包甘い！」

関東・奥両国の大名に対して三年前、関白から出された大停戦命令〝関東・奥両国（陸奥《むつ》・

出羽《でわ》）惣無事令〟のことを秀吉は言っている。

「しまった。北条の言い分などを聞いてしもうて」

すぐ、額を地面に擦りつけん許りに慴伏《しょうふく》し、平謝りにあやまる信包に対し、与九郎は信包に一言も助言できなかった自分を強く責めた。


天正十八年七月五日、氏政と弟の氏照《うじてる》、老臣の大道寺政繁《まさしげ》・松田憲秀《のりひで》は切腹、氏直と氏規は高野山追放。ここに早雲以来、五代一世紀にわたり関東に覇を唱え、〝関東無双の大名〟と称された（後）北条は滅亡。氏規は後、秀吉から河内で二千石が与えられ、その家系は明治に至る。


七月十三日、小田原城に入った秀吉は、論功行賞を行ない、大幅な国替えを実施する。

「これで、天下を握ることが出来た。国替に異議が出れば幸じゃ。召し上げるだけ。宛行地《あてがいち》が出来るからじゃ」

家康は〝旧領五ヶ国から北条旧領、関東八ヶ国に国替〟

信雄は〝旧領尾張・伊勢から家康の旧領五ヶ国に国替〟

と、秀吉は命じた。が、ここで信雄は大失態をする。何と信雄は、今まで通り尾張・伊勢に固執したのである。

「この我儘勝手奴が。もう、用済じゃ」

信包で内心靄や靄やしていた秀吉は、即刻信雄の領地を召し上げると、信雄を下野那須《しもつけなす》に追放し、佐竹義宣《よしのぶ》にお預けとする。

家康・信雄旧領を腹心の諸将に与えると
「全て思いの通りじゃった。（信長の）柵《しがらみ》を流すことが出来た」

と、秀吉は叟笑む。

いずれにしても国替で動揺する家臣を抑え、世に言う〝江戸御打入り〟を果した家康に対し、信雄では将来を見通すというその器に格段の違いがある。

その後、陸奥《むつ》・出羽《でわ》の奥両国の総称である奥羽《おうう》（東北地方）の処置を了《お》え、陸奥の伊達政宗から収公して、伊勢松坂城の蒲生氏郷を移封した会津《あいづ》の黒川城（二年後、鶴ヶ城と改名）を八月十二日発した秀吉は、九月一日、京に凱旋する。

（三十）　没収

「今、関白は隙あらば信雄のように知行を召し上げ、甥の秀次（姉智子の子）と腹心に与えようとしている。

早晩、儂にも厳しい沙汰が下るだろう」

信包は臍《ほぞ》を噛み溜め息をつくと、万策つきたような沈鬱な顔をして俯いた。

「母上（於犬）の予言通り秀吉様の天下となった。ここは血族を守るためにも只管、恭順の意をあらわし堪え忍ぶのが肝要と母上なら言われるでしょう。現実を見詰め、明るい顔をしましょうぞ」

この言に驚いた信包は、与九郎の手をとると笑みを浮べ頷いた。

八月三日、京の信雄邸が焼失。信雄が下野に追放された直後の出来事である。

このため、今まで孫の信雄に庇護されていた実母土田御前《つちだごぜん》を、信包は安濃津に引き取る。

尾張清須土田村の出の御前は、信長・信勝・信包の三子を儲け、信長・信忠没後は、孫の信雄の保護下にあり〝大方殿様《おおかたどのさま》〟と称されていた。

信長が御前十八の子としても、この時御前は既に齢七十四を迎えていたのである。四年後、信包が安濃津を離れる直前、御前は静かに息を引き取り、波乱に富んだ一生を終の住み処になった安濃津で終える。墓所は今の津市の四天王寺である。

天正十九年（一五九一）辛卯《かのとう》。正月。

永春尼の訃に接する。

直ぐ与九郎は弥吉宛に書翰を添え香料を送り届けた。飛んで帰りたい気持であったが、秀吉からの沙汰が迫っていると予感していた与九郎は、唯、合掌するのみで、寂寞《せきばく》たる思いに打ち萎れた。信包と与九郎は、京に向け耳を研ぎ澄ましていたのである。

その京からの情報は皆、暗くて重苦しいもの許りであった。

正月二十二日、大和《やまと》大納言と呼ばれた関白の片腕、豊臣長秀没す。享年五十二。

二月二十八日、聚楽第利休屋敷を追放された千利休は秀吉の命で、堺で切腹。享年七十。

〝一物も持たず〟という侘《わび》の心境に徹した侘茶人として極めた利休の心の内へ、黄金茶屋に象徴される専制君主の秀吉が土足で踏み込んできたことに、利休は絶望的になりつつも、屈せず秀吉に抵抗したからであろう。

〝ひっさぐる我が得具足《えぐそく》の一つ太刀　今此《こ》の時ぞ天に抛《なげう》つ〟

不屈の激しい気性を物語る利休の辞世の歌である。

豊後（大分）の大友義鎮《よししげ》（宗麟《そうりん》）は、

〝内々のことは宗易《そうえき》（利休）、公儀（表むき）のことは秀長が存ずる〟

と、日記に記している。その二人が世を去ったのである。

「人の心まで支配しようとしておられるのでしょうか」

利休の死に怯えながら与九郎が訴えると、

「これで関白は自制心を失い、その恣意欲望は誰も止められなくなる。

履レ霜堅氷至（霜を履《ふ》みて堅氷《けんぴょう》に至る）と言う。これは大事に至る小さな前触れじゃ」

と信包は、秀吉に対する危うさと秀吉亡き後の豊臣家の崩壊を感じ、身震いし、与九郎に言った。

八月五日、三歳の鶴松、病死。

加えて正月以降、〝唐《から》（明）入り〟の噂が流れ、京の世情は一層暗くなった。

九月十六日〝唐入り〟出兵を定め、諸国に準備を令した秀吉は、十月十日、肥前（佐賀）の松浦半島北端の名護屋《なごや》（唐津市鎮西《ちんぜい》）の築城を奉行加藤清正に命じた。

十二月二十七日、関白を辞し太閤となった秀吉は、秀次を関白とし〝唐入り〟に専念する。

天正二十年（一五九二）壬辰《みずのえたつ》。正月五日。〝唐入り〟出陣発令。

三月十二日、凡そ十六万の全九軍の内、小西行長《こにしゆきなが》・対馬《つしま》の宗義智《そうよしとも》等二万の一軍は、朝鮮に向け出撃する。この時、本陣には信包と与九郎が在陣していた。

六月十五日、行長等は平壌城《へいじょう》を陥れ、七月二十三日、清正は会寧城《かいねい》に快進撃する。が、李朝の名将、朝鮮南西の全羅左道《ぜんらさどう》水軍節度使・李舜臣《りしゅんしん》の、震天雷爆弾を発射しつつ装甲船で突進する戦法により、鉄砲主体の秀吉水軍は悉く破られ、制海権を掌握され、一転苦戦に陥る。

天正二十年十二月八日、文禄《ぶんろく》元年と改元。

結局朝鮮の役は、秀吉が没するまで七年間続く。

尚、同年叔母である本願寺顕如の室の縁によっていた細川六郎信良が五月、本願寺顕如が十一月に没している。享年は各々四十七と五十であった。

そして秀吉は顕如の志を受け、京の堀川の地に十万坪を寄進し本願寺の建立を許す。

文禄二年（一五九三）癸巳《みずのとみ》。八月三日、五十七歳の秀吉と二十七歳の於茶々に拾丸《ひろいまる》（後の秀頼）が授かる。

世継の誕生は、前年七月母大政所を亡くし落胆していた秀吉を歓喜させた。

そして、運命が訪れた。

文禄三年（一五九四）乙未《きのとひつじ》。九月。

信包は伊勢領地を没収され捨扶持《すてぶち》二万石を与えられ近江に移封されたのである。

与九郎は躊躇なく信包に従う。信包は剃髪し、老犬斎《ろうけんさい》と号した。

「兎に角、決着がついた。これから知恵を出し、巻き返えせば良し。咸宜《かんぎ》なり！」

与九郎は、すべてよろしいと叫んだ。

尚、秀吉に覚えが良い家臣の分部光嘉は上野城主となり、秀吉に近侍した。

以後も事件は続く。

文禄四年（一五九五）七月、秀吉は甥の秀次から関白左大臣の官職を奪い、秀次を高野山で切腹させ、聚楽第を破却。前年築城し拾丸を移した伏見城（京都）に大坂城より入る。

茲《ここ》に、秀吉の後継者は拾丸だけとなる。

文禄四年九月十七日、二十三歳の於江が秀吉の媒酌により、家康の三男で十七歳の徳川秀忠に嫁ぐ。

側室於愛の方を母とする秀忠は十二歳の時、聚楽第で秀吉から一字拝受していた。一方の於江は三年前、秀吉の甥小吉秀勝《こよしひでかつ》に再嫁するも翌年の文禄二年九月、秀勝が朝鮮出陣中、巨済島《きょさいとう》で病死しており、三度目の結婚となる。

ところで、於江は秀勝との間に女子（完子《さだこ》）を儲けている。成人した完子は太閤の九条幸家《ゆきいえ》に嫁ぎ九条の大政所となる。豊臣家滅亡後、唯一存続した信長と秀吉の血族の結晶であった。

於江の結婚を耳にし、思わず肩の荷を下ろした気分になり、

「これで区切りが付いた」

と思った与九郎に瞬間、微かな光が閃《ひらめ》く。

「好機到来じゃ」

と、早速信包に於茶々宛の書翰を送るようすすめたのである。即座に信包は、

「拾丸様、我等、織田一族として誠に耀かしく、嬉しく存じます」

と筆を下ろした。

身近な於初・於江が嫁いでから、寂しがっていた於茶々は、与九郎等に会った安濃津の日々を於茶々は確《しっか》り覚えており、信包と与九郎に直ぐに会いたいと思った。

於茶々は、拾丸の行く末を考え、信頼できる側近を求めていたのである。

「できるものなら、自分と血のつながる身内が良い」

於茶々は今、つくづくそう思っていた。

（三十一）　復活

文禄四年（一五九五）二月七日、会津若松の太守蒲生氏郷没す。享年四十。

〝限りあれば吹かねど花は散るものを　心みじかき春の山かぜ〟

信長に見出され、知謀を秀吉に恐れられた氏郷の無念の辞世の歌である。


暮歳の頃。

「至急、大坂（城）に参内《さんだい》願いたい。これは太閤様の命でござる」

石田三成から口上を受けた時、信包は武者震いを禁じ得なかった。

「信包殿には今度、太閤様の御伽衆となっていただきます。与九郎殿には信包殿の御付きとして御出座《おでま》しを」

と、三成は続け、小声で付け加えた。

「信雄殿は赦され、既に御伽衆で嫡男の秀雄《ひでかつ》は大野郡四万五千石の大野城主に取り立てられておりまするぞ」

三成は、二十万石の佐和山城主にして、重大なる政務を司る五奉行の一人で、秀吉の信頼が厚い。この三十六歳の石田三成は信雄の復活をちらつかせ、秀吉に対する忠勤をそれとなく信包に求め、そつがない。

夕刻、信包と与九郎は美酒に酔い

「これは於茶々の計らい。為《し》て遣《や》ったり」

と、頷き合う。

翌年の文禄五年（一五九六）丙申《ひのえさる》。正月。

信包は与九郎を連れ大坂城三の丸に住し、秀吉の御伽衆として仕え始める。

文禄五年十一月二十七日、慶長に改元。

十二月十七日、拾丸、五歳にして元服し、豊臣秀頼と名乗る。

慶長三年（一五九八）戊戌《つちのえいぬ》。炎陽の六月。

信包は丹波氷上《ひかみ》郡柏原《かいばら》（丹波市）三万六千石が与えられ、筆頭家老の与九郎は千三百石が与えられる。信包は五十六歳、与九郎は二十九歳になっていた。

「大野も安濃津も、綿津見《わだつみ》（海の神）に懐《いだ》かれていましたが、柏原は山の神ですね」

与九郎の問い掛けに信包は大きく頷いた。

慶長三年八月十八日、秀吉、伏見城にて没す。享年六十二。

朝廷から〝豊国大明神〟の神号が授かる。

〝露と散り雫と消ゆる世の中に何と残れる心なるらむ（「秀吉事紀」）〟が辞世の句という。六歳の秀頼を気にかけながらの最期であった。

「心棒が失せ、而今而後《じこんじご》、あっちこっち魑魅魍魎が出て来るに違いない。ここは用心せねば」

家康は欣喜雀躍《きんきじゃくやく》しているであろうと思いつつ、而立《じりつ》（三十歳）した許りの与九郎は気を引き締めた。

尚、同年かって三度《みたび》信長に敵対、敗走していた近江源氏佐々木氏の流れで弓馬術の奥義を極めたあの六角（佐々木）義賢が没している。

慶長四年（一五九九）己亥《つちのとい》。正月。

秀頼は伏見城で諸大名の参賀を受け、十日、伏見城を家康に与え大坂城に移る。

同年、本能寺の変に影響を与え、後、秀吉から土佐一国を安堵されていた長宗我部元親が伏見で没した。享年六十一。

慶長五年（一六〇〇）庚子《かのえね》。九月十五日。

五奉行筆頭三成方西軍八万五千と、五大老筆頭の家康方東軍十万五千は、関ヶ原で八時間にわたり激突。西軍大敗。三成・小西行長・安国寺恵瓊等は、捕縛され六条河原で処刑される。

文字通り天下分け目の合戦であった。

この結果、秀頼は豊臣家旧領である摂津・河内・和泉三ヶ国六十五万石のみとなる。


話は関ヶ原の合戦の二年前に遡る。

加古川上流の佐治《さじ》川支流に臨む山間《やまあい》の、鉢のように開けた柏原に与九郎と足を踏み入れた信包は叫んだ。

「美しい。豊穣の地に違いない。山波、水の流れを見て鳥の声を聴き、浩然の気を養おうぞ！」

早速信包は、大坂との物資運搬を盛んにして、柏原の財政を豊かにするため、与九郎を奉行とし、加古川の水運開発に乗り出す。

が、戦雲は既に垂れ籠めていた。

伏見の家康と大坂で政務をとる五奉行の三成・増田長盛《ながもり》・前田玄以《げんい》・長束正家《なかつかまさいえ》・浅野長政との間で、秀吉の遺命を巡り対立。

更に秀吉子飼の福島正則《まさのり》・加藤清正等は、正室の於禰々に接近する一方、秀吉が天下を統一する過程で貢献した奉行衆は側室の於茶々に追従することで、正室と側室の対立が加わり、伏見と大坂は険悪な様相を呈していた。

このように家康と三成の対立が激化する中、信包は於茶々から秀頼の御伽衆として大坂城滞在を求められ、柏原の知政は家老の与九郎が代行することになる。

関ヶ原合戦の二ヶ月前の七月十七日。

毛利輝元・秀就《ひでなり》父子は、家康の留守居役佐野綱正《つなまさ》を追い出し大坂城西の丸に秀頼擁護の西軍の旗印を掲げる。

この時、秀頼の御伽衆となっていた信包は、結果的に西軍方になる。が、石田三成に従軍せず、丹波の隣国の丹後田辺《たなべ》城（舞鶴市）攻撃を命じられたことは幸いだった。

田辺城は、城主細川忠興が丹後精兵三千余を引き連れ家康に参陣していたため、城には父親の細川藤孝（幽斎《ゆうさい》）が僅か五百程で在城していた。

舞鶴湾と河川に囲まれ、守るには易く攻め難いこの城で、藤孝は福知山城主小野木重勝《おのぎしげかつ》を主体とする西軍一万五千余の包囲猛攻を凌いでいたが、落城は時間の問題となる。

が、古今伝授の歌道の絶えるのを惜しんだ後陽成天皇は、和睦の勅命を出し双方の兵を引かせ開城させた。

和歌・茶湯等類い稀れな文化人藤孝によって、西軍は時間と兵力を割かれた結果となったが、信包は最悪の事態を免れることができた。

戦後、信包は西軍方であったが柏原は安堵され、以前の通り、秀頼に近仕する。

恐らく家康は、落城寸前で兵を引いた事、大坂城に居て止むを得なかった事等を認めた上で、そのまま大坂城内に置き、誼を通じた方が得策と考えたのであろう。

しかし、〝秀頼に近仕することが信包の命を縮め、与九郎の運命をまたもや一変させる〟ことを信包は、全く気付いていなかった。

（三十二）　巡り会う

「仲睦まじく、子女にも恵まれておる」

秀忠の室になってから五年、於江は於江与《おえよ》の方（崇源院《すうげんいん》）と呼ばれ、千姫《せんひめ》・子々姫《ねねひめ》・勝姫《かつひめ》と子宝に恵まれているという噂を耳にした与九郎は、大きく背伸びし息をついだ。

「さてと。儂も江に負けず励むか」

現在の丹波市柏原の日赤病院辺りに屋敷を構えていた与九郎は、柏原の母坪《ほつぼ》に船着場を設け、加古川を利用し、高砂（高砂市）を経て大坂に至る舟運を開き、山陰街道の整備にも取り掛かり、家老職として充実した多忙な日々を送っていた。その与九郎に渡辺小大膳《さだいぜん》の娘との再婚が決まっていたのである。

慶長六年（一六〇一）辛丑《かのとうし》。暮歳。

〝増田長益、所領没収、高野山追放〟〝毛利輝元、所領削り、周防《すおう》・長門《ながと》の両国（山口）のみ〟〝上杉景勝、会津百万石没収、出羽米沢《でわよねざわ》三十万石に移封〟など関ヶ原合戦の後の仕置を略《ほぼ》完了し還暦を迎えた家康は、天下統一に動き出す。

「儂の目の黒い内に、豊臣の始末をつけねばならん。後顧の憂いの無きように。が、秀吉恩顧の者が仰山居る。急《せ》いては事をし損じる。柔と剛で揺さぶり、大坂を疑心暗鬼にさせ、蹠《もが》き、暴走するところを潰せば良い。

兎に角、禍根を絶つ。まずは、あの莫大な財を消耗させせねば」

この時家康の脳裏からは〝豊臣を存続させる〟といった考えは既に消え去っていた。

家康は方広寺《ほうこうじ》に狙いを定める。

秀吉が創建した天台宗方広寺は京都大仏殿と称し、大仏殿は秀吉功業宣伝の目的に天正十六

年の居礎《きょそ》の儀から文禄四年の大仏供養まで八年の歳月をかけ造営されたが、慶長元年、畿内大地震で崩壊し、大仏の首が落ちた時、

〝仏が何故、かくなることを見通せなんだのか〟と秀吉は矢を大仏に向け射たという。

その秀吉が没すると、豊臣家は財を注ぎ込み大仏殿を再建する。

慶長七年（一六〇二）壬寅《みずのえとら》。正月。

従一位となった家康は、顕如の没後、秀吉の命で末弟の准如に法統を譲り、隠遁していた教如に同年別に本願寺（東本願寺）を創建させる。また家康の生母於大が亡くなるのは八月二十八日である。そして歳の暮、例の大仏殿が不審火により消失する。

慶長八年（一六〇三）癸卯《みずのとう》。二月十二日。

征夷大将軍となった従一位の家康は、〝入り江の門《と》〟を意味する江戸に幕府を開くと、於江と秀忠の長女、千姫七歳を十一歳の従二位下中納言秀頼に嫁し、表向き豊臣家を守ろうとする柔《じゅう》の作戦を展開する。


慶長九年（一六〇四）甲辰《きのえたつ》。

三月二十日、関ヶ原の戦の功により筑前福岡五十二万石余に封じられた嫡男長政のもとにいたかっての秀吉の謀略家黒田官兵衛孝高（如水《じょすい》）、伏見にて没す。享年五十九。

夏果てる頃再婚し授かった四歳の長男為成《ためなり》の相手をしていた与九郎は、於江が江戸城内で長男竹千代（後の三代将軍家光）を出生したと知る。

「今は心から於江におめでとう、よかった、と言いたい」

時の移ろいが与九郎にそう叫ばせた。


竹千代が生まれた慶長九年の前後位から家康は、豊臣家の財を消耗させるため、〝豊太閤菩提《ほうたいこうぼだい》〟のためと称し、於茶々に大々的に神社仏閣の修造をすすめ、四天王寺・東寺南大門・相国寺や南禅寺の法堂等、畿内諸社寺にとどまらず、伊勢の宇治橋・熱田神宮・出雲大社に至るまで、莫大な豊臣家の財宝を注ぎ込ませる。が、豊臣はびくりともしない。

「矢張り極め付けは大仏殿。そろそろか。ここは、且元《かつもと》に上手く立ち回らせねばなるまい」

そう考えた家康の次の作戦は、剛である。


浅井長政の臣片桐直貞《かたぎりなおさだ》の子で賤ヶ岳七本槍の一人、近江生まれの五十歳近くの片桐且元は、秀吉から長束正家と共に大坂城大奥の警備を命じられていたが、関ヶ原合戦で正家が処分されると、豊臣家の庶務全般を任され、秀吉の遺命もあって秀頼の傅役《もりやく》になっていた。

その一方で且元は、家康から豊臣家領の摂津・河内・和泉三ヶ国の〝国奉行〟に任命され、家康の掌《たなごころ》の中にあった。

慶長十年（一六〇五）乙巳《きのとみ》。四月十六日。

二十七の秀忠を内大臣・征夷大将軍に据えた家康は、秀頼に上洛し徳川に臣下の礼をとる様求めるも、於茶々はこれを拒否した。

この凡そ一ヶ月後、清須会議で織田家相続者となり、後、関ヶ原の合戦で岐阜城主として西軍に加担し高野山に護送されていた幼名三法師、織田三郎秀信二十六歳が当地で病死。ここに本能寺の変から二十三年、織田家嫡流は断絶した。

慶長十三年（一六〇八）戊申《つちのえさる》。正月二十四日。於犬の乳母没す。法名浄智院安栖寿心大姉《じょうちいんあんせいじゅしんおおあね》。龍安寺霊光院に眠る。

慶長十三年から十四年（一六〇九）にかけて、家康は大規模な大名の国替を行ない、じわじわと豊臣包囲網を形成し、大坂城攻略の城郭配置をとる。

慶長十六年（一六一一）辛亥《かのとい》。晩春。

「機が熟した」

そう考えた家康は〝秀頼は臣従した〟と天下に知らしめる儀式を強行しようとする。

秀忠に将軍職を譲り駿府城（静岡市）に居を構えていた家康は、四年振りに上洛し、二条城に入る。二条城は上洛の際の将軍の居館で、旧聚楽第の南方、堀川の西方に位置し、五年前に完成している。

三月二十八日、高台院《こうだいいん》（秀吉の正室、於禰々）立会の下、家康は秀頼と対面し盃を遣わし、秀頼が臣従したと世に示した。


信包は、この一年許り鬱屈した日々を送っていた。

落日の翳りをみせ始めた大坂城内にあって、真っ直ぐに成長した十六歳の秀頼に信包は、憐れみと愛しさを感じる一方で、

「何かが狂っている。且元は於茶々を混乱させているだけ。言動に企みが窺える」

そう見抜き虚無と焦りに苛まれていたからである。

御伽衆としての立場の信包は、表向きに対して口を出したり相談を受けることはない。しかし、時として信包は、秀頼と於茶々から少し離れた所で且元との遣り取りを耳にする場合があり、且元を疑っていたのである。

寺社の修造を家康からすすめられると、且元は自ら造営奉行になり、十数ヶ所の寺社の修造をすすめ、ついには方広寺大仏殿の修造に財を湯水のように使っている。又、秀頼が家康に臣従すると言う政治上の儀式を家康からすすめられると、積極的に於茶々を説得し二条城へ誘っ

ている。が、於茶々の前では
「秀頼様は天下人太閤様の御子。臣従は形だけ。大坂城は天下一の城にして、その上、豊臣家は豊国大明神の御加護がありますので、ご安心ください。
且元は粉骨砕身、徳川と交渉します」
殆ど同じ内容のことを且元は、繰り返すのである。

慶長十七年（一六一二）壬子《みずのえね》。暮歳。

莫大な財を注ぎ込み、方広寺の造営なる。

久々に柏原に戻るため、於茶々と秀頼に挨拶を済ました信包に
「信包殿、少し話しなどしてゆかぬか」

と、於茶々から珍しく声を掛けられた。

「方広寺のご竣工、誠におめでたく存じまする」

信包は透かさず応じた。

「信包殿、近こう寄って下され」

於茶々は思い詰めた様子で声を落とし、少し早口で喋り始めた。

「家康の数々の仕打ち、どうみやる。家康は豊臣をどうするつもりじゃ。豊臣として、どうし

たら良いか。存念を申して欲しい」

意を決した信包は、一言一言、噛み締めるように話し出した。

「兄信長、甥信忠亡き後、織田家を継ぐため、甥信孝は太閤様に刃向かい滅亡。甥信雄は同じく領地没収。この信包は、只管《ひたすら》、太閤様に縋《すが》って生き様を晒《さら》して参りました。それは兄の威光を再興するためではなく、織田の血族として〝信長の残照〟を世に繋げて行くためにです」

一息吐き、続ける。

「世は既に家康権力に敷かれている。丁度、兄から太閤様に移行したように、世は太閤様より家康に移っている。これは、現実です」

於茶々は青ざめている。

「信包殿。ならば、秀頼を家康の一臣に成り下がれと言うのか」

於茶々は震える声で信包に詰め寄る。

「私が〝信長の残照〟として生き抜いて居る如く、秀頼様は〝太閤様の残照〟として」

と、言い掛けた時、

「お黙り！　身の程知らず！」

激昂し立ち上がろうとした茶々の裾を押えた秀頼は、信包に身を寄せ、軽く頭を下げると
「信包殿、失礼しました。母上は一人で悩み、苦しみ、疲れています。信包殿。どうしたら良

いか、結論をおっしゃって下さい」

於茶々は十二年前の関ヶ原合戦の前後から気分沈み、食不振と眩暈《めまい》を訴えている。京の名医曲直瀬玄朔《まなせげんさく》は鬱と見立てていた。


暫く沈思黙考していた信包は、於茶々に目を遣った。平静を失っていた於茶々は既に落ち着きを取り戻し、信包に声を掛けた。

「信包殿。許して下され。さあ、言うて下され」

毅然たる態度に早変わりした於茶々に対し信包は、背筋を伸ばし、重い口を開く。

「潔く大坂城を開城し、臣下として徳川に委ね、改めて知行地を得、豊臣家を存続させる。但し、その機を失すると必ず戦となり、家康は豊臣家それ自体を認めなくなりまする」

信包は、茫然自失し愁いに沈んだ姪の於茶々を見遣った瞬間に、矜憫《きょうびん》を覚え、感情が流れそうになる。その時、抑えていた思いが堰を切ったように信包の口をついた。

「ここに唯一、太閤様の威厳を示し天下に号する手立がありまする」

「はっ！」として、於茶々は顔を上げ縋るように信包を見詰め身を乗り出した。

「太閤様の意志に背く家康の諸行為を箇条書にした弾劾書を作成。

これを、太閤様を継ぐ秀頼様の名で、正当化し天下に示す。

大坂城を拠点に、豊臣恩顧の諸将に呼び掛け挙兵する。

但し、古来、不滅の城は無く、戦いは籠城を避ける。

一端、反家康の先端開かば、勝利か滅亡しかないと考え、一切講和を結ばない。

家康は、講和・調略の名手だからである。

勝負は、如何に戦い上手で有能な指導者を得るかで決まる。

以上、死を恐れず戦う意なくば、直ちに城を開城、家康に身を委ねるべし」

ここまで、一気に語ると、

「数々の言動、誠に申し訳なく」

と言い、平伏した。

「信包殿。よくぞ申してくれた。

これから重大な合議には声を掛ける故、出て欲しい。これは秀頼の頼みである」

下座した秀頼は信包の手をとり、於茶々に笑みが少し戻ったのを確認し安堵していた。

信包が大坂で於茶々・秀頼と会していた頃、不幸が与九郎を襲う。妻の病死である。

与九郎に十二歳の長男為成《ためなり》と三人の女児が残された。

信包に代わって治政に力を注いで来た与九郎は、三年前には家康から普請を全て分担させるという〝天下普請〟の名目で藤堂・池田・福島・加藤・浅野など旧豊臣系外様大名が京への街道と丹波抑えの要地、篠山《ささやま》（篠山市）に築城を命じられた折、奉行の藤堂高虎《たかとら》の下、数百人の出役要請を受け、財政を圧迫し辛苦も舐めた。が、昨年氾濫しやすい佐治川の堤防を築き田畑を水没から防ぐことができ、今の治政は良好である。その矢先の妻の死である。

慶長十八年（一六一三）癸丑《みずのとうし》。春。

妻を亡くし傷心していた与九郎に信包から朗報が届く。信長の側室於鍋の方の子女於振との結婚である。

於鍋の方は、信長との間に信高《のぶたか》・信吉《のぶよし》と於振を儲け、信長の没後は秀吉から大切に知行が宛てがわれていたが、関ヶ原合戦で信吉は西軍方で失領、信高は東軍方なるも既に十一年前没し、その後は秀頼から五十石、高台院（秀吉の正室於禰々）から二十石を与えられ京で過ごしていた。

一方、於振の初婚の相手、尾張緒川城主水野忠胤《ただたね》は四年前、家臣が起こした刃傷事件に巻き込まれ改易され切腹。一男二女を残し、於振は水野を離れ京に居た母於鍋に身を寄せていた。

於鍋は、昨年六月病死し、京で一人で居る姪の於振のことを知った信包から、与九郎に縁《えにし》が運ばれてきたのである。

与九郎四十七、於振三十六。信長の甥と信長の六女との巡り合いである。

（三十三）　残照

慶長十九年（一六一四）甲寅《きのえとら》。晩春。

秀吉が晩年、豊臣政権の秩序の維持のために設置した、政権内の実力者から成る五大老と秀吉の子飼いの吏僚から成る五奉行の計十人の中で生き残っている者は、七十三歳の家康、唯一人になった。

三月九日、征夷大将軍秀忠が右大臣従一位となったのを見届けた家康は、

「大仏殿に託《かこつ》けて、大坂を叩くとしよう」

と、決意する。


そんな家康の謀略は露知らず、於茶々や秀頼は八月十八日の秀吉の十七回忌に併せ、完成した方広寺大仏開眼供養と堂供養の準備で頭が一杯であった。

四月十六日、大仏殿の大梵鐘を片桐且元の監督の下、鋳造させた秀頼は、大仏開眼と堂供養

の日程等を家康に報告するに当り、色々と協議を重ねてきた。

回忌が一ヶ月先に迫った七月十七日、秀頼・於茶々の御座会議には、秀頼の側近である片桐且元・大野治長・織田長益等に加え、老犬斎織田三十郎信包の姿があった。

長益は、信包の四歳下の異腹の弟で、本能寺の変の際は、信忠に従い二条御所に居たが周りを欺き脱出していた。その後は秀吉に仕え、大坂冬の陣の直前、脱出し家康に仕える。

一方、治長は秀頼の乳母の子で、秀頼の信任厚く大坂落城の時は、秀頼に殉じる。

「この儀式は、豊臣家の将来を考えると極めて大事である。故に、秀頼様が直接、家康殿・秀忠殿に相談申し上げた方が良ろしい」

数日前、信包はそう具申してきたが、顰めっ面しながら且元は、真っ向うから信包に反対する許りである。

「その件については豊臣家が金を使い、行なう行事につき、駿府には使いを遣わし、後で儂が説明に出向けば済むことである」

と、この合議でも且元は頑なに主張している。

「且元は秀頼様を大坂城に閉じ込めるつもりか！」

と、思わず叫びそうになった声を飲み込んだ信包は、一瞬、不吉な企みを感じとり且元を睨み付け、腹の中で呻いた。

「〝隠れたるより見《あらわ》るるは莫《な》し〟と言うが且元の隠し事が露顕した時、豊臣家が危機に瀕したのでは遅い。だからこれは、豊臣存亡に係わる。今一度、話しておかねばならん。秀頼を救いたい！」

突然、信包は渇きを覚え、新たに差し出された茶碗を右手に掴み、一気に干し、やわら且元に向き直り「さて」と言い掛けた次の瞬間、突然「うぅ！」と、苦しみ踠《もが》き始めた。

驚ろいた長益が駆け寄るのと、信包が喀血し、のめるのと同時であった。

周章狼狽し、立ち上がり震えている於茶々の姿が、薄目を明けた信包がとらえたこの世の最後の映像になった。


「信包、大坂にて死す」

の報は、与九郎に絶望感を与え、於江、於初を悲しませ
「大坂の知恵袋が消えた」

と、家康を悦ばせた。

葬儀は長益の指揮の下、執り行なわれ、信包は龍安寺塔頭《たっちゅう》の西源院に埋葬された。

享年七十二。法名真珠院心巌安公《しんじゅいんしんがんあんこう》。

丁重な悔やみを届けた家康は、筆頭家老の佐治与九郎一成の申請通り、柏原を信包の三男で十六歳の織田信則《のぶのり》が継ぐことを認める。

信包の突然の死は、於振と仲睦まじく暮らし始めた与九郎を叩きのめす。

茫然自失の与九郎に小柄で温和な於振は、優しく語り掛ける。

「生前、母は言ってました。信包様はご自分の意思を貫かれ、堂々と戦っておられる。背伸びせず卑下もせず、立場を弁《わきま》え、それでいて凛としておられる。流石、上様の御舎弟だと。与九郎様は、その素晴らしい御方の最も近くにおみえになられました。

人の命は遅かれ早かれ尽きるもの。が、尽きぬものがあります。

さあ。二人して、信包様がおやりになったように、たとえ〝残照〟であっても耀いていた信長の栄光を御守りしましょう!」

与九郎は於振を改めて見詰めた。目の前に前夫を亡くし母を亡くした許りの、十数歳下の女性が今、毅然として立っている。

瞬間、与九郎の体に稲妻が走る。

「母上が居る!」

自分の境遇を於振に重ね合わせた与九郎は、於振を抱き締めると声を殺して泣いた。

与九郎は、於振に母於犬の面影を捜し出していたのかもしれない。


信包の死がまるで切っ掛けになったように、家康は次から次へ大坂方に難題を突き付け、於茶々・秀頼を追い込んで行く。

「豊国大明神の象徴、大坂の城をこの地上から消し去るまで、死ねん。そろそろ始末する段階に入った」

家康はそう考えていたのである。

その突き付けた難題とは
〝何故、多くの牢人を召し抱えておるのか〟

〝大仏殿の釣鐘の「国家安康《あんこう》　君臣豊楽《ほうらく》　子孫殷昌《いんしょう》」の銘は、家康の名を裂いて家康・秀忠を調伏させる祈祷を行なう証ではないか〟

〝大仏開眼供養・堂供養を八月三日に行ないたいとのことであるが、日が悪い〟

この難題に弁明対処するため、相次ぎ駿府に入った且元と治長に対し、家康は巧みに応じ、大坂方に疑心暗鬼を起こす。

十月一日、且元と一族は大阪城を脱出。同日、家康は大坂討伐の命を下す。

十月六日、大坂方は籠城のため、金銀を支払い兵糧・武器を集め、真田幸村《さなだゆきむら》（信繁《のぶしげ》）・長宗我部盛親《もりちか》・後藤基次《もとつぐ》等を大阪城に招く。

十月二十五日、家康は片桐且元・藤堂高虎に大阪城攻撃の先陣を命じる。この時、幸村は城外に出丸・真田丸を構え、徳川軍を大いに悩ます。

十二月十九日、巧みな和平の交渉で、講和を決めた家康は、十二月二十一日諸将に命じ兵を退かせるとともに、二の丸・三の丸を破却し、堀を埋め、大阪城を本丸だけの裸城とした。

結局、信包が危惧していた通りの結果となったのである。

大坂冬の陣であった。

慶長二十年（一六一五）乙卯《きのとう》。正月。

与九郎は、信包の後を継いだ柏原領主二代織田信則と共に陣屋の客殿で大坂の使者と向かい合っていた。

於茶々からの書翰には、

〝豊臣のため、死を以って盾となられた信包様を織田の血族として誇りとするものです。是非共御力添えいただきたい〟

と記され、

「大坂に至急、御参陣いただきたい」

使者は迫った。

が、柏原領主としては家康の手前、参陣できない。しかし、この日が来ることを既に想定していた与九郎は直ちに長男為成を参陣させることを約した。

余談だが、家康が〝一国一城令〟を発し大名統制を徹底するのは豊臣滅亡直後であるが、いずれにしても小藩の柏原には城がない、陣屋があるだけである。現在、陣屋跡には正徳四年（一七一四）に創建された表御門にあたる長屋門が、文政三年（一八二〇）に再建された表御殿が、凛として美しく山々に懐かれ遺っている。筆者はここを訪れた時〝信長の残照〟に向き合ったかのような気持ちになったことをおぼえている。


二月、大坂城に入った十五歳の佐治為成は、城が全く体をなしていないのに驚ろく。

「状況により脱出する様。命を粗末にしてはならん」

と、そう命じた父与九郎の意図が、この時、理解できた。

四月十二日、家康の九男で十六歳の尾張名古屋城主徳川義直と故紀伊和歌山城主浅野幸長《ゆきなが》の娘で十四歳の春姫《はるひめ》との婚儀に参列した家康は、翌日、大坂城を脱出してきた織田長益の訪問を受け、城内事情を聴取する。

長益、人生二度目の脱出である。

四月二十八日、大坂方は、堺に駐屯していた徳川の軍勢を急襲、堺の大半が灰燼に。

〝大坂夏の陣〟の始まりである。

五月七日、正午頃、天王寺口にて家康方十五万五千、大坂方五万五千が激突。

この時、白地に六連銭の指物《さしもの》をなびかせた幸村軍は、徳川軍の後方の手薄な配置を狙い〝厭《おん》離穢土《りえど》　欣求浄土《ごんぐじょうど》〟の大旆《たいはい》が翻った本陣に突入し、家康の心胆を寒からしめた。が、奮戦もむなしく幸村は討死、享年四十九。

大坂方は大敗し、東軍に内通した台所頭の放火により大坂城は炎上、落城した。

五月七日、夕刻、燃え盛る城から脱出した為成は、厳しい落ち武者狩りに身を潜めながら加賀方面に落ち延びる。

「大坂異変の際は、中川の叔父のとこへ行け」

これは与九郎からの命である。

中川の叔父は与九郎の実弟で、中川家に養子に入り、前田家に仕官している中川久右衛門秀《ひで》休《やす》である。

為成が大坂城を脱出した頃、柏原では為成の嫡男一置が誕生し、翌日の五月八日、於茶々と秀頼は、大坂城山里帯曲輪《やまざとおびくるわ》の焼け残った朱三矢倉の糒蔵《ほしいぐら》にて自害し果てた。

享年秀頼二十三、於茶々四十九。


血族を失うことは、齢五十を重ねた与九郎には辛い。が、於犬・信包・永春尼が夢枕に立った朝、与九郎は不思議と気力漲《みなぎ》り
「この若い領主（信則）を支えねばならん」

と、意を強くする。

「後、十年、還暦までは柏原で頑張ろう。その後は京じゃ。於犬・信包を弔い、大野への墓参は遣り遂げねばならん」

そう思い与九郎は、今一度気を引き締める。


大坂方の残党追捕が厳しくなって行く中、関ヶ原合戦で西軍方で敗戦後十四年も浪人して、再起を掛けた長宗我部元親の嫡子盛親《もりちか》と五人の子、秀頼一子国松や大野治長の弟治胤《おさつぐ》等が次々と捕えられ、処刑されていった。

六月十一日、信長・秀吉・家康・秀忠に仕え、数々の武功をあげた利休七哲の一人、古田織《お》部《り》重然《べしげなり》が大坂方に通じたとして自害させられたことを知り与九郎は、仰天する。

利休亡き後、次代の茶の湯の名人と呼ばれた織部が与九郎と同郡の丹波氷上郡新町を領していたからである。

織部の自害を知った直後、為成が無事加賀に入ったと知り、与九郎は安堵の胸を撫で下ろした。


慶長二十年（一六一五）七月十三日、元和《げんな》元年と改元。

七月十七日、信包の一周忌を済ませた与九郎に、印象深い出来事が二つ届く。

一つは、織田信雄と子についてである。

関ヶ原の合戦で西軍方の子の秀勝は大野郡を失領し、信雄は大坂城に蟄居させられていた。

且元が大坂城を脱出する数日前、信雄は大坂城を脱出し、京の嵯峨に逃亡。家康は〝その行動良し〟と褒め、信雄に大和宇陀《うだ》郡等四郡五万石を与え松山（宇陀市大宇陀春日）を居城とすることを命じたという。かくして、信長の次男は生き延びた。

一つは、於振が水野家に残した子についてである。

於振の長男勝信は、伯父勝成の養子となり、子女の一人も勝成の養女となる。

その三河苅谷城（刈谷市）の水野勝成が大和郡山に移ってきたと言う。

「最早、私には、この柏原と与九郎様しかみえませぬ」

於振は、水野とは係わりたく無いときっぱり与九郎に宣言したのである。

与九郎は嬉しかった。

「これからが人生の始まりじゃ」

与九郎は、これから於振と二人で、〝信長の残照〟の余韻に浸ろうとしていた。


元和二年（一六一六）丙辰《ひのえたつ》。四月十七日。家康が駿府で没す。享年七十五。

秀吉の大明神《だいみょうじん》をきらい、家康は没後、東照大権現《とうしょうだいごんげん》と称される。

数日後、与九郎は父信方、祖母永春尼の墓守りをしていた弥吉の訃報に接する。

享年六十六であった。

与九郎は嘆き悲しむと共に、永年に亘る弥吉の忠節に唯々感謝する許りであった。

元和七年（一六二一）辛酉《かのととり》。十二月十三日。

織田長益は利休七哲の一人、有楽斎の斎号で茶人として没す。享年七十五。

元和九年（一六二三）癸亥《みずのとい》。七月二十三日。

於江の嫡男家光が三代将軍になった時、与九郎は感佩《かんぱい》し、深く心に感じた。

元和十年（一六二四）二月三十日。寛永《かんえい》に改元。

寛永三年（一六二六）丙寅《ひのえとら》。九月十五日。於江（崇源院《すうげんいん》）江戸城にて没す。享年五十五。

於江の訃報を知った与九郎は、一時《いっとき》、寂寥に魘《おそ》われるも、その生涯を誉め称える。
が、「はっ！」と気を取り直すと
「これは於振と京に参る切っ掛け。そろそろ、一置に後を託そう」
と、意を固めた。

長男為成は、今では加賀前田家で禄を食《は》んでおり、与九郎は為成の子一置《かずおき》を幼時の頃より養育してきた。

「一陽来復」

と、口遊《ずさ》んだ与九郎は、やっと運が向いてきたと思ったのであろう。


寛永六年（一六二九）己巳《つちのとみ》。五月。

十五で元服し与右衛門《よえもん》一置《かずおき》と改め藩主信則《のぶのり》に仕えると、与九郎の隠居は来春と決まり、於振と暮らす京の屋敷の目途も付けた。

好事魔多しの譬えがある。

寛永七年（一六三〇）庚午《かのえうま》。正月二日。

藩主信則急死。享年三十二。

隠居するどころでなくなった与九郎は、信則の嫡男数え八歳の信勝を跡継ぎとすべく、全力をつくす。

同年四月三十日。織田信雄没す。享年七十三。

寛永八年（一六三一）辛未《かのとひつじ》。新春。

柏原三代藩主織田信勝の誕生を見届けた与九郎は、於振と京へ向かう。

与九郎は剃髪し、巨哉《きょさい》と号していた。

京で暮し始め、縁者が眠る龍安寺の墓参りなどを了《お》えた与九郎は、夏の気が立ち始めた頃、念願の大野行きを於振に告げた。

五日前、於振に留守居をさせ京を出た与九郎は、黒南風《くろはえ》が吹きはじめた大野城の館跡で茫然と佇み崩れた土塁を覆う病葉《わくらば》を見詰めていた。

四十七年前、与九郎が出奔した大野城は小牧長久手の役後、信雄に従じた織田長益が一旦入城し、程なく北方の大草《おおぐさ》村（知多市大草）に築城して移っていったため、今は廃城となり廃墟と化していた。

突然、与九郎は「あっ！」と叫び、駆け寄った。

そこには永春尼の庵の中庭にあった紅満点星《べにどうだん》が今、姫林檎《ひめりんご》を小粒にしたような鐘形の赤い花を閉じようとしていたのである。

「与九郎は、否、佐治は信長公の一族としてその残照となるも、沢山の御縁をいただき生き長らえてきました」

涙を湛え、そう報告した与九郎は、父信方、祖母永春尼、弥吉等の菩提を弔うと帰途につき、小糠雨《こぬかあめ》の中、堀川端の一条の京屋敷に戻って行った。

「こうして弔う日々が送れるのは幸せだ。大野にも行けた。つくづく思う。自分が多くの人達により生かされていたということを」

と、一息入れた与九郎は、於振を見詰め、

「我が子と甥が添うておるのを信長様は、お悦びであろうか」

と語り掛けた。

「きっと、叔父上はお悦びに違いありませぬ。愛していた母（於鍋）と可愛がっていた妹（於犬）の子同士ですもの」

その於振の言に与九郎は、静かに頷き「幸せが尺度なら儂は今、伯父（信長）と太閤（秀吉）を上回った」と確信した。

於江の夫の秀忠が四十七歳で没した翌年の寛永十年（一六三三）癸酉《みずのととり》。八月二十七日。京極高次の室於初（常高院）が没した。享年六十六。

その訃報は、与九郎を終日瞑想に誘った。

「母と伊勢の海を渡り、安濃津で遊んだ日々が懐かしい。あの時、集まっていた於市・於茶々・於初・於江・母・信包そして祖母・弥吉、その全てが旅立った」

突然、与九郎は記憶がない父（六郎）に抱かれている気がし「父上！」と小さく叫んだ。


寛永十一年（一六三四）甲戌《きのえいぬ》。残秋。

陽炎の夏を乗り切ったと思った与九郎は、突然、体に異変を覚え咳き込み喀血した。

「こんところ体がだるい。疲れ易い。頭が重い。熱っぽい。食も進まん。そう思っとったら、どうも胸をやられたようじゃ。あんまり儂に近付かん方が良い。移るからじゃ」

喘ぎながら言い続ける与九郎を寝かし付けながら、於振は気丈に応じた。

「気苦労が多い中、これまで一途に歩んでこられ、今、お疲れが出たのでしょう。暫くゆっくり、お休み下さいと、神様が仰《おっしゃ》っているのですよ。振は大丈夫ですよ。

与九郎様の良いものだけ、頂きますから」

「ありがとう。体を労わるように。ああ！　今、ぽんと言ったね」

於振に向かってしっかり眸《みひら》き、笑顔で頷き呟くように言うと、与九郎は枕許に置かれた桔梗の鐘形の蕾がぽんと音を立てたかのように青紫の花を開花するのを見届け、ほっとひと息つき、忽《たちま》ち眠りについた。

その寝顔に流れた一筋の涙痕に目を留めた於振は、台所に駆け込むや、声を出して泣き崩れた。

数日後、一段と悪化した容態の中で与九郎は、「茜…海…母上」などと頻りに譫言《うわごと》を繰り返していたが、九月二十六日、この〝信長の残照〟は、於振に看取られ、まるで引き潮に導かれるように静かに息を引き取った。

父八郎が果たせなかった牀中《しょうちゅう》に天寿を全うしたのである。

享年六十五。法名長徳院殿快巌巨哉居士《ちょうとくいんどのかいがんきょさいいし》。

与九郎の一周忌を了え、朝晩の冷え込みが気になる霜降《そうこう》の頃、矜寡《かんか》となった於振は洛西衣笠山の西、龍安寺霊光院の一室で、山裾を揺すり竹林を吹き渡る風の音を聞いていた。傍らに初老の女性が居た。信包の娘、秀吉の側室であった姫路殿である。秀吉の没後、暫くして柏原三代藩主織田信勝、即ち甥を頼っていた。

窓外を彩る鮮やかな紅葉に目を留めると於振は、独り言のように呟いた。

「冬へと誘う木枯らしのようですね」

姫路殿は頷き、於振に語り始める。

「それにしても於振様は、於犬様と良く似ておられる。与九郎様はお幸せでしたでしょう。命には限りがあります。でも、信長公の一門として誇りを失わず、凛として美しく堂々と生きてこられたと、私は思っております。

これからはお一人で寂しく悲しいと思います。与九郎様と悲しみの中でしか出会えなければ寧ろ、悲しみを近くに引き寄せれば良いのです。私にはそのようなお方はおりません。でもそう生きることは自然なことのように思います」

於振は、黙ったまま両手をつき、深々と頭を下げた。


寛永十三年（一六三六）丙子《ひのえね》。正月十日。信長の長女五徳京で没す。

家康の嫡子で夫の三郎信康が信長の命で自害した後、母吉乃の実家生駒氏の尾張小折《こおり》村（小牧市）に移住。晩年は、信康との間に儲けた次女の嫁ぎ先である本多家の京下屋敷を居としていた。

享年七十八。法名見星院香巌寿桂大姉《けんせいいんこうがんじゅけいおおあね》。

龍安寺の出会いから七年後、姫路殿の訃報に接した頃から衰えを感じ始めていた於振は、与九郎が亡くなって九年後、故人の菩提を弔いながら、
寛永二十年（一六四三）癸未《みずのとひつじ》。九月四日、安らかに与九郎のもとに旅立った。

享年六十六。法名康清院殿江巌妙錬大姉《こうせいいんどのこうがんみょうれんおおあね》。

京の龍安寺には信包と一族、於犬、与九郎と弟の秀休、於振等の墓所がある。

於振が没した十日後、江戸城にて大奥を統率、権勢を振るった春日局没す。享年六十五。

信長を消し去った斎藤利三を父とする局と信長の血を引く於振は波乱に富んだ略《ほぼ》同じ歳月を生き抜いたのである。

慶安三年（一六五〇）藩主信勝、二十八歳の若さで没すると世継が無いため、柏原は廃藩となる。信包没後三十六年のことであった。この時、一置の家督を継ぎ信勝を支えていた佐治為貞は浪人の身となったが、その後、於江の姉於初の縁を頼り、讃岐丸亀藩京極家に仕官したと伝わる。更にその四十年後の元禄八年（一六九五）、あの信雄の子孫、織田信休が大和松山（奈良県宇陀市）から国替えとなり藩主として柏原にやって来た。

時代は於江の嫡男三代将軍家光により幕藩体制が確立、諸藩は文治政治に移行し、綱吉が五

代将軍となり世は〝元禄風〟と言われる時代精神の中にあった。信長の没後既に百十年有余、最早、戦国の世は遠い昔である。

しかし、大雲山龍安寺の広大な寺域の一角から、戦国を戦った誇り高い人達が〝信長の残照〟として今も、誇耀《こよう》の箭《や》を放ち続けていることを忘れてはならない。

（完）

あとがき

混沌とした戦国時代、信長程、異彩を放った武将はない。その四十九年間の生涯は、どの断面を切って見ても革新的であり、前例に拘《こだわ》らない発想と行動が窺える。

その信長の原動力を支えるため、如何程の人の血と涙と汗が流されたことであろう。

その人達は将士だけではない。将士を支える家族の存在がある。況《ま》してや信長の一門となれば、常に身を賭す覚悟が求められる。

そうした中で、信長を尊《たっと》び、誇りに思う心を内に秘めながら背筋を伸ばし、凛として戦国を駆け抜けた一門の将士と女達がいた。その人達は、脚光を浴びる歴史の表舞台には登場しない、いわゆる傍役《わきやく》である。

が、歴史は時として、傍役に光を当てると真相に近付くことがある。

信長・秀吉・家康と流れる時代の中で、信長の尾張統一に伴い、その勢力下に入った知多大野の佐治父子とその二代にわたり、室となる信長の血族達は歴史の傍役として、喩え信長の残照となろうとも、誇りを失わず、信長の栄光を守り、生き抜いていった。果してその人達の片鱗でも描くことが出来たか心許ないものがあります。

大方の読者のご批評を頂ければ幸いです。

二〇一四年五月

著者

【著者略歴】

服部　徹（はっとり・とおる）

一九四一年名古屋市生まれ。

地域の文化・歴史と尾張時代の織田信長の研究に意欲。

著書に『大高と桶狭間の合戦』（中日新聞社刊）、『信長四七〇日の闘い』『諫死にあらず』『信長の鷹』（以上風媒社刊）などがある。

信長の残照

2015年1月6日　第1刷発行
（定価はカバーに表示してあります）

著　者　　服部　　徹

発行者　　山口　　章

発行所　名古屋市中区上前津 2-9-14　久野ビル
振替 00880-5-5616 電話 052-331-0008　風媒社
http://www.fubaisha.com/

乱丁本・落丁本はお取り替えいたします。　＊印刷・製本／モリモト印刷
ISBN978-4-8331-5287-7